Zsuzsa Bánk est née à Francfort de parents hongrois en 1965. Pendant ses études de journalisme et de sciences politiques dans le Main et à Washington, elle travaille comme libraire. Elle vit aujourd'hui à Francfort avec son mari et ses deux enfants.

Son père, László, né à Hidasnémeti en Hongrie en 1933, est mort en septembre 2018.
À propos de *Mourir en été*, elle dit : *Quand une telle histoire nous choisit, quand elle nous trouve et fait de nous ses protagonistes, nous ne sommes jamais préparé ; nous ne savons rien, nous n'avons aucun recours. Peu importe que d'autres avant nous ait eu à affronter la même chose et que nous fassions partie de leur expérience. Ce qui compte c'est que nous la traversons. Notre expérience n'appartient qu'à nous, nous sommes seuls à la vivre à notre propre façon.*

Voix unique et célébrée de la littérature contemporaine allemande, lauréate du Aspekte Literature-preis, du Deutscher Bücherpreis, du Jürgen Ponto Prize et du Mara Cassens pour son premier roman *Le Nageur* (Bourgois, 2004 ; Points 2005), Zsuzsa Bánk est aussi l'auteure de *L'Été le plus chaud* (nouvelles, Bourgois, 2007 ; Points 2009) et des *Jours clairs* (roman, Piranha, 2015).

Mourir en été

Zsuzsa Bánk

Mourir en été

Traduit de l'allemand par Olivier Mannoni

Rivages

Retrouvez l'ensemble des parutions
des Éditions Payot & Rivages sur

payot-rivages.fr

Collection dirigée par Myriam Anderson et Delphine Valentin

Titre original :
Sterben im Sommer

L'été jette sur nous son jaune le plus puissant, mais nous parlons de l'hiver. En route vers le sud-est, Wurtzbourg, Ratisbonne, Passau, Vienne, puis la Hongrie, Sopron, Sárvár, ma mère raconte l'hiver, la chaleur nous met en nage, mais elle raconte la glace et la neige de janvier 1973, lorsque mes parents avaient reçu dans leur petit appartement de Francfort un télégramme dicté par téléphone. Un télégramme en provenance de Hongrie, rédigé en langue hongroise, lu à voix haute par le Service des télégrammes allemands, d'un ton neutre, sans jugement de valeur, sans interprétation, sans connaissance du fond, lettre après lettre, parce que les mots ne produisaient aucun sens, pas pour une oreille allemande. Mon père avait décroché le combiné, préparé un morceau de papier et un crayon ; il répétait chaque lettre, ma mère, emplie d'angoisse, regardait dans sa direction, parce qu'elle savait, parce qu'elle devinait peut-être déjà ce qui allait venir à présent, parce que ce n'était pas une chose inattendue, mais vers laquelle ses craintes convergeaient depuis des semaines. Mon père avait commencé à noter, mais posa rapidement son crayon. Les quatre premières lettres du mot nous suffirent à en comprendre l'entièreté, à en discerner aussitôt la dimension : *m-e-g-h*. Il n'en fallait pas plus pour savoir comment s'assemblait la totalité du mot, comment il était constitué et ce vers quoi il pressait, ce qu'il voulait dire, ce qu'il allait déposer sur nous tous, *meghalt* – « est mort ».

Ma mère se rappelle comment elle entama ce long voyage obscur vers son village natal, qu'elle avait quitté seize ans auparavant pendant l'insurrection hongroise. Des amis lui avaient conseillé de ne pas reporter ce départ, ce voyage dans l'inconnu, avec tous ses impondérables, elle prit donc le train de nuit entre Francfort et Vienne, se rendit le matin pour obtenir son visa à l'Ibusz, le bureau de tourisme international officiel hongrois, le point de passage obligé de tous ceux qui voyageaient pendant la guerre froide d'Ouest en Est, d'Autriche en Hongrie, c'est-à-dire dans le sens où personne d'autre ne voulait aller, à contre-courant. Ma mère se rappelle cet hiver sombre au froid crissant, elle se rappelle ses noires journées de glace et ses nuits de neige claires, tandis que le soleil claque sur notre voiture et que les champs se dessèchent autour de nous, son mélange de tristesse, de paralysie et d'angoisse nerveuse à l'idée de ne pas y arriver, de ne pas être à l'heure pour l'enterrement, pour voir son père, une dernière fois, même mort.

C'est dans ce village que nous nous retrouvons le lendemain, assis devant la maison de ma tante et de ma cousine, au jardin, avec vue sur les vignes voisines, entourées de lauriers-roses et de cerisiers qui se sont déjà débarrassés de leurs fruits, dans un jardin d'Éden où le souvenir de cet hiver 1973 demeure ineffaçable. Ma cousine raconte qu'à l'époque elle croyait la fin du monde venue, le *vége a világnak*. Elle avait tiré les rideaux de la fenêtre, d'épais flocons de neige tombaient, elle vit son père, portant chapeau et manteau, marcher la mine sombre dans la tempête de neige, plus lentement qu'à l'habitude, la nouvelle qu'il lui apportait le rendait hésitant, et elle sut que c'était la fin du monde, grand-père est mort et a lancé le signal de notre fin du monde.

Alors que nous venions chercher en Hongrie la vive clarté de l'été, nous trouvons aussi, cette fois-là, la maladie et la mort, ce couple fermement enlacé, il s'impose, on ne s'en débarrasse pas, il s'attache comme une bardane, il s'agrippe à vous, il veut être de la partie, il danse avec vous, il vous harponne, on ne se défait pas de son étreinte. Chacun a son histoire de maladie et de mort, chacun a ses pertes, ses images aux noires ramifications et qui ne pâlissent pas. Les morts ne sont jamais morts, ils ont leur place dans les premières phrases d'une rencontre, d'une discussion, ils sont assis dans les jardins, aux tables, devant les soupières, les corbeilles de pain blanc tranché, ils ordonnent, allons, parlez de moi à présent, ne baissez pas les bras, n'arrêtez pas de parler de moi. La blessure est guérie, mais la cicatrice fait de nouveau parler d'elle, ici, sous le cerisier, sous l'acacia, chaque fois qu'elle en a envie, et elle trouve que ce serait le moment, que le temps à présent serait revenu. Ma mère pleure encore son père après toutes ces années, ma cousine et moi, nous pleurons encore notre grand-père après toutes ces années, la douleur s'est simplement muée en quelque chose de plus quotidien, elle se répartit sur tous ceux qui se réunissent autour de la table, chacun en prend un morceau et l'avale avec du pain et de la soupe.

Je suis partie pour accompagner mon père malade dans son été hongrois. Le déposer au village, peut-être l'emmener avec moi sur les rives du Balaton. Lui faire sentir encore une fois cet été du noyer, lui commander encore une fois une Soproni glacée dans le café qui se trouve devant la plage Kisfaludy, et regarder avec lui les vastes flots bleus. Mais depuis que nous sommes arrivés, sa santé se dégrade, chaque nuit nous avons peur. Une fièvre s'est emparée de lui, elle ne veut pas céder, la clinique, chez nous, me dit au téléphone qu'il faut le soigner d'urgence. Ma cousine m'interdit de le conduire dans un hôpital hongrois, personne ne fera rien là-bas, dit-elle, aux urgences les gens agonisent, nous partons donc pour Eisenstadt, où se trouve l'hôpital le plus proche du côté autrichien. Non loin de là, mon père, voilà plus de soixante ans, a franchi la frontière pour fuir le pays.

Nous attendons à Eisenstadt jusqu'au soir, mais aucun lit ne se libère, il faut le transférer dans une autre clinique en Basse-Autriche, une ambulance va l'y conduire. Au moment des adieux, je dis, nous revenons te prendre dans quelques jours, nous nous installerons sur la rive du Balaton et nous commanderons deux Soproni, je feins la confiance, je mets de la normalité dans ma voix et je n'admets plus l'angoisse, je n'admets pas qu'elle se saisisse de mes mots, les noue, les brouille et les paralyse, depuis un certain temps je suis experte dans l'art d'atténuer la réalité des choses, d'écarter et de surmonter leurs cruautés en élimant leur pointe. Et pourtant la fièvre nous tient en haleine, elle disparaîtra vers midi tous les jours qui suivront, mais reviendra et montera le soir, j'attends tout de même un appel, la clinique, la doctoresse, l'infirmière, ma cousine dans le jardin d'Éden, ma mère dans sa villégiature deux rues plus loin, mon frère à Berlin, eux tous dansent dans cette ronde de crainte et de tension, dans notre réseau du souci. Pendant que mes enfants plongent dans le Balaton et se déchaînent au water-polo, lancent la balle au ciel avec leurs poings, je me tiens sur la rive et je vais au-devant des appels, à chaque sonnerie l'angoisse me monte à la gorge, dans cet été étincelant, avec toutes ses satisfactions et ses gâteries auxquelles on pouvait se fier, au milieu de tout cela, j'ai commencé à m'attendre au pire.

Nous voulions un grand été, peut-être les derniers jours dénués de soucis, voire de douleur. Des journées où le cancer se reposerait. Où il dormirait, sans se réveiller. Où il dormirait simplement tout son soûl. Sans bouger. En se retournant tout au plus sur l'autre flanc

– avant de replonger dans le sommeil. Oui, l'été est grand parce qu'il est toujours grand ici, les grillons stridulent avec entrain, la température grimpe chaque matin et les forêts bruissent plus fort dès qu'un vent se lève. Le soir, les routes, ces étroites veines interminables, n'appartiennent qu'à moi lorsque je reviens de l'hôpital au village, ou quand je prolonge mon chemin jusqu'au rivage du Balaton. Cet été-là, je parcours trois mille kilomètres en voiture. J'achète des vignettes, je voyage d'un pays à l'autre, d'une frontière à l'autre, Slovaquie, Autriche, Hongrie, de ville en ville, de village en village, je change de langue, hongrois, allemand, anglais, je cafouille. Mon père passe d'un hôpital à l'autre, parcourt une enfilade de services. À Balatonfüred, où je me trouve justement en maillot de bain sous un soleil brûlant, sa doctoresse m'appelle au téléphone, il faut opérer mon père, on le transportera d'ici quelques minutes en hélicoptère dans l'hôpital le plus proche, à une heure au nord de Vienne. Tandis que mes enfants jouent au ballon dans le lac, glapissent, battent des bras et bondissent, giflent la surface de l'eau, plongent tête la première et s'exercent au poirier, quelque part derrière Bratislava un hélicoptère s'élève dans les airs avec mon père. Je joins les mains et j'envoie mes prières de l'autre côté du lac bleu.

Ce n'est pas une nouveauté, pas une surprise non plus, en Hongrie, la maladie et la mort ont toujours fait partie du cadre, depuis que je suis capable de penser, depuis que nous avons passé l'été ici, elles y étaient chez elles. Si ce n'est que *nous* sommes à présent les personnages principaux, nous et pas les autres. Chaque année sur laquelle nous nous retournons, quelqu'un avait dû partir, chaque année nous avions dû prendre congé de quelqu'un, remettre et laisser partir quelqu'un. La maladie et la mort étaient les invités indésirables, elles frappaient à la porte, s'asseyaient à notre table, mangeaient dans nos assiettes. Les gens mouraient dans leur cuisine, dans leur lit, en jardinant, aux champs, en cueillant des cerises, en nourrissant les cochons, sur le chemin de l'église ou sur celui de l'auberge, à bicyclette, à vélomoteur, en marchant, en jouant et en chahutant. Mais vraiment jamais à l'hôpital. L'agonie n'était pas chassée au-dehors, elle se déroulait sous le regard des témoins. Les vieux n'étaient pas les seuls à mourir, c'était aussi le cas des jeunes, des enfants, des nourrissons. La couverture médicale était insuffisante, les médicaments faisaient défaut. L'une de ces soirées tièdes, ma cousine raconta qu'elle seule et ses frères avaient été vaccinés contre la polio, elle seule et les enfants du médecin du village. Ma mère avait acheté les doses avec sa première paie gagnée en Allemagne et les avait envoyées par la poste.

Mes parents m'ont toujours entourée d'une façon tellement naturelle, sans peine, à leur manière légère – que cela eût pu s'achever chaque jour au cours des années passées, je n'en ai jamais vraiment pris conscience, mais je l'avais soupçonné tout de même, et ressenti par quelques extrémités nerveuses, en marge, dissimulées. C'est la raison pour laquelle, l'année précédente, je suis allée en Hongrie leur rendre visite dans leur maison d'été, c'est la raison pour laquelle, l'année précédente, mon frère est allé en Hongrie pour se rendre avec notre père au bord du Balaton et nager jusqu'au large. Pour une *jó úszás* comme celle-là, comme on dit sur les rives, pour une aussi bonne nage, un aussi bon moment de natation, une bonne brassée d'eau, avec crawl et plongée, se retourner sur le dos, palper le ciel puis recommencer à crawler, une bonne et longue partie de nage à travers le lac et le ciel, l'eau et l'air. On ne peut pas traduire ça complètement, il y a en hongrois une note qu'aucune traduction ne peut rendre, « bonne », pour *jó*, c'est trop peu, trop petit, trop maigre. Cette *jó úszás* est le cœur de l'été hongrois, le milieu de l'été, le point vers lequel tout doit converger. On saute dans le lac et l'on nage loin derrière l'ultime ligne de limite, derrière les barques des maîtres nageurs. C'est plus que nager, c'est une manière de s'éloigner des choses, pas seulement de la plage et de son agitation, mais de toutes les choses qui, d'ordinaire, constituent la vie et en maintiennent la cohésion, du monde dans lequel cette vie se déroule et où ces choses se rassemblent. Très loin au large, dans le lac, là où le bleu de l'eau tente de saisir le bleu du ciel et entre en compétition avec lui, ce monde paraît négligeable, oublié. Dès le matin, à l'instant où l'on jette le premier regard sur le lac pour voir s'il est vert, bleu ou turquoise, paisible ou agité par le vent, on se pose donc la question : le lac me donnera-t-il aujourd'hui une *jó úzsás* comme celle-là ?

L'un de ces après-midi-là, alors que je sortais de l'eau après avoir nagé très au large de Balatonfüred, quelqu'un m'a abordée sur la rive, devant les marches de l'escalier qui mènent au lac, et m'a dit d'un ton reconnaissant : eh bien, c'en était une, de *jó úzsás* ! J'ai ri et j'ai répondu, oui, absolument, c'était ça, une *jó úzsás* ! Cela désigne la sensation, cela invoque ce qu'elle charrie de grand, de libre, d'apesanteur, les heures de légèreté dans une eau réchauffée par le soleil, cela décrit cette copieuse station dans l'eau, qui ne veut pas prendre fin, pour laquelle il n'y a pas de temps. Cela, notre père nous l'avait enseigné de bonne heure : être dans l'eau les uns à côté des autres, les uns avec les autres, c'était peut-être la première chose qu'il nous avait apprise, suggérée, à mon frère et à moi, ce qui nous liait sans mots, sans explications, toujours de manière naturelle. Il les avait pratiqués et partagés tous les étés avec nous, cet amour pour l'eau, pour la bonne nage, cette grandiose et fantastique manie de la nage – cette *jó úzsás*.

Est-il en train de jouer avec nous une folle partie ? Aurait-il entrepris de nous retenir ici ? Tendu un filet dans lequel nous ne cessons de nous prendre ? Est-ce lui qui m'envoie sillonner les quatre coins de ce pays qui a jadis été sa patrie ? Il y a peu, nous avons parlé de sa mort, lui veut être enterré en Hongrie, mais nous, nous voulons le savoir près de nous. C'est peut-être la raison pour laquelle il est solidement coincé au milieu, à mi-chemin, entre nos deux mondes, comme s'il s'était imaginé les choses ainsi, comme s'il pouvait influencer leur cours dans ce sens-là. Pour ce qui concerne sa tombe, il ne me fait pas confiance, il a par conséquent imploré ma cousine, il lui a assigné cette mission, de se battre pour ce but – ce qui sonne plus puissamment en hongrois que dans ma langue, le *harcolni* hongrois ne sous-entend pas seulement un combat mais une bataille sanglante qui peut tout vous prendre. Dans son jardin d'Éden, je dis à ma cousine, ne nous combattons pas, je t'en prie, pas pour cela, moi aussi j'ai besoin d'un lieu où je puisse rendre visite à mon père quand il ne sera plus en vie.

À Mistelbach, après l'opération, il est allongé au milieu des tuyaux et des appareils high-tech, debout à son chevet je tiens ses mains tremblantes, je lui parle, même si j'ignore s'il peut m'entendre ou s'il a même remarqué notre présence. Je regarde la croix de bois sur le mur, le murmure s'installe dans ma tête, prends-le maintenant, saute le reste, épargne-lui ce tourment, je te prie, je peux le supporter, nous allons pouvoir le supporter. Mais la mort attend. Mourir ne va pas avec ce bleu qui s'étale comme à coups de pinceau entre les rares nuages sur mon trajet de retour, de Pannonhalma à Zirc. J'écoute Stevie Nicks, une Américaine me fait monter les larmes aux yeux en Hongrie, une Américaine me fait pleurer sous le ciel hongrois dans ma voiture allemande, parce qu'elle demande *can I handle the seasons of my life ?* et que je suis obligée de lui répondre, *no, I can't, I just can't handle them.* Je ne peux pas m'arranger avec les saisons de ma vie, ou plus exactement : je ne peux pas m'arranger avec cette saison-là de ma vie. Je répète, pour moi-même : la mort ne sied pas à l'été. La mort relève de l'hiver.

C'était aussi le cas durant l'hiver 1973, lorsque ma mère est partie en voyage pour l'enterrement de son père. Personne au village n'était au courant, nul ne savait que le Rideau de fer s'ouvrirait pour elle au bon moment et la laisserait se faufiler. Il n'y avait pas de téléphone, et donc pas de possibilité de s'annoncer. Elle roula vers l'obscurité, attendit impatiemment sur des quais de gare glaciaux, suivit, les yeux fixes, la lente progression des aiguilles des horloges ferroviaires. À Vienne, elle prit le train pour Györ, à Györ le suivant, qui la conduisit à proximité de son village. Tard le soir, elle arriva. Tous les chemins étaient gelés, comme pris sous une épaisse couche de glace. On avait repoussé la neige, qui se dressait en hautes parois sur les côtés. Aucun bus ne roulait. La maison la plus proche était celle de son frère, elle comptait y passer la nuit et attendre le matin. Mais le portail était fermé et personne ne l'entendit frapper. Le froid la travaillait, la valise lui tirait le bras, elle avançait sur la glace en tâtonnant, pas à pas, traversant lentement la petite ville endormie, puis la route de campagne qui descendait vers son village, sous une grande lune qui éclairait vivement le ciel au-dessus d'elle. Lorsqu'elle entra dans la rue, elle vit que la lumière brillait encore dans la ferme. Ma mère laissa tomber la valise, fit les derniers pas en courant et en criant. Ma mère ouvrit la porte, ma petite fille en or, *arany lányom*, dit-elle, je savais que tu viendrais prendre congé de ton père, je savais que tu viendrais.

***

Nous nous tenons immobiles devant le jardin d'Éden, ma cousine et moi, comme deux personnes qui ont d'une certaine manière leur place dans ce cadre, mais pourtant ne l'ont pas. Il y a eu un peu de pluie, les feuilles gouttent, le jardin chuchote à notre intention. Terre des oiseaux, refuge des papillons, havre des fleurs – entre les branches, un bruissement minuscule, à peine audible, la verdure respire, l'acacia jette son ombre fraîche sur la ferme. Le vignoble, avec ses rangées de ceps minutieusement alignés à équidistance, s'est étiré, après l'averse il s'est rapproché de nous, il s'est allongé et s'est arrêté juste devant le portillon du jardin. Nous nous tenons épaule contre épaule devant la porte de la maison dont la peinture blanche s'écaille, et un sentiment s'empare de moi, nous ne ferons plus cela souvent, elle ne nous accompagnera plus longtemps, cette station immobile au jardin d'Éden, cette contemplation des vignobles, cette bouffée de plaisir que nous prenons à passer des chaussures solides et à partir en courant, au-dessus des petites flaques qui, au bord du chemin, se tarissent vite dans la terre réchauffée par le soleil. En dessous de nous, deux marches en pierre mènent au jardin et à la cour, là où vivaient autrefois des cochons, des poules et des oies. Sous ces arbres, on cultivait des légumes, on les récoltait et on les mettait en conserve l'automne venu, poivrons, cornichons, tomates remplissaient le cellier, une peinture murale, une nature morte baignant dans le vinaigre et le sucre, une collection de mets prisonniers des bocaux, en suspension, l'hiver la famille s'en nourrissait. À présent, il n'y a plus que de la pelouse sous les pommiers, cela fait longtemps que ma tante ne cultive plus son jardin, ne sème plus rien, ne se penche plus sur les plates-bandes pour sarcler les mauvaises herbes et ameublir la terre. Personne ici n'engraisse ni n'abat plus des cochons, personne ne tue plus de poules pour la soupe, nul ne les attrape, ne leur rompt le cou avant de les plumer. Les concombres et les tomates, on les achète désormais simplement à l'Escot ou au Spar, et au jardin ne pousse plus qu'une herbe européenne jeune et vert clair.

L'hiver, la maison est exempte de vie humaine, son souffle est calme et vide, elle dort de son sommeil d'hiver sous les voix et les bruits qu'elle a absorbés dans ses murs et stockés sous son crépi. L'été est la seule saison où ma cousine et ma tante sont ici, l'été elles ouvrent les fenêtres, repoussent les volets, laissent battre les rideaux au vent, sortent le linge de l'armoire et font les lits, remplissent le réfrigérateur, posent des chaises sous les acacias, et sur la table des verres à eau et à vin. L'été, l'été seulement, elles animent leur vieille maison, l'été seulement ma cousine abandonne Budapest avec sa mère démente afin qu'elles puissent toutes deux le passer avec mes parents, que je retrouve aussi pour quelques jours. Ma cousine et ma tante vivent à Budapest depuis des années, la première était une jeune femme quand elle a quitté le village et brisé le cercle dans lequel elle vivait, ce fut son premier pas d'adulte. Elle avait mesuré les routes et les chemins, elle avait vu qu'ils étaient trop étroits, trop petits. Pour moi, la maison est un cabinet du souvenir, mon petit musée du terroir personnel, mon mémorial de l'été hongrois. Elle encadre solidement une période de mon existence, j'y distingue aussi ma vie, ses sentiers sinueux à travers l'hier, une sorte d'album photo intégré à la maçonnerie, fait de pierre et de crépi, de bois et de verre, de strates et de fissures, de couleurs et de sillons.

Dans l'ancienne cuisine d'été il y a encore la crédence vert pâle de mes grands-parents, avec des chaises, une table et un canapé-lit dans le même ton. Derrière le verre, la porcelaine dans laquelle j'ai mangé quand j'étais enfant, la tasse au motif de roses pour le *grúztee*, le thé de Géorgie, la petite boîte en fer-blanc pour le sucre cristal, qui n'était pas blanc mais jaunâtre, et dont je pensais qu'il était sale. Dans le tiroir, sous le plateau de la table, se trouvent toujours des missives de ma mère, envoyées d'Ouest en Est. Ses récits et témoignages réguliers sur la vie en Allemagne, l'autre moitié de son monde partagé, l'écriture sur les enveloppes immédiatement reconnaissable, une grande écriture ornée, des lettres et des mots comme des guirlandes de fleurs. Non pas écrites mais peintes, passées au stylo comme on passe le pinceau, les fines lignes dessinées d'un premier trait, puis renforcées d'une encre épaisse. Signes de survie, preuves de nostalgie, déclarations amoureuses en provenance d'un pays étranger. Destinés aux parents éloignés, écartés et devenus intouchables, des courriers conservés dans leur tiroir de cuisine, au centre de la maison, au centre de la vie et parmi eux, à portée de main dans le quotidien, tangibles d'une plongée des doigts sous le plateau, palpables, visibles, là – les phrases de ma mère.

Après la fuite, en 1956, il n'y eut pas de courrier, pas une lettre, pas une carte de toute l'année. Ma mère me l'a raconté au cours d'une de ces soirées, lors de notre promenade à la maisonnette du jardin d'Éden. Pendant un an, elle avait écrit, collé, affranchi et envoyé des lettres qui avaient été interceptées du côté hongrois. Elles n'atteignaient jamais le village, la rue, la boîte accrochée au portail, la maison, la table de cuisine. Dans l'autre sens, aucun courrier en provenance de Hongrie ne pouvait arriver en Allemagne. 1957 fut l'année sans signes. Sans phrases, sans mots. L'année du mutisme, l'année du silence. Plus tard arriva la première lettre de la sœur, dans laquelle elle écrivait qu'il n'avait pas été possible de tranquilliser la mère, à l'époque, que nul n'avait pu l'apaiser. Jusqu'à cette information qui n'avait pas tardé à leur parvenir par la radio. En décembre 1956, dans le camp de réfugiés, quelqu'un de la Croix-Rouge avait proposé d'envoyer des messages *via* Radio Free Europe, de petits messages concis. Ma mère n'avait prononcé qu'une seule phrase qui contenait tout ce qui était important, tout ce qui devait être dit et entendu, sans fioritures, sobrement, une construction à base de quelques mots, cette unique phrase qui fut diffusée exactement comme cela : Ili, Inka et Teri ont réussi à passer la frontière et sont en Allemagne. Au village, le voisin du bout de la rue disposait d'un récepteur universel et écoutait à l'époque la radio à longueur de journée. Fermer la porte, éteindre le plafonnier, tirer les rideaux et tourner le bouton de sa radio. Il comprit immédiatement qui désignaient ces prénoms, trois jeunes femmes du village qu'il avait connues fillettes, des petites portant robe-tablier et rubans blancs dans les cheveux. Il passa donc son pardessus, mit son chapeau, descendit la rue pour aller chez ma grand-mère, ouvrit la porte d'un coup, s'assit à cette table vert pâle qui se trouve à présent dans la cuisine d'été, posa les mains sur la toile cirée et restitua, à leur intention, la phrase mot pour mot : Ili, Inka et Teri ont réussi à passer la frontière et sont en Allemagne.

Ma cousine et moi tournons les yeux vers la vigne, notre regard descend le long du jardin, cette multiplicité de verts, leurs nuances de clarté et d'ombre dans les brins d'herbe, les feuilles et les fourrés, dans la mousse et les fougères. Ne serait-ce pas un lieu pour toi ? demandé-je à ma cousine, en donnant à mes mots une tonalité aussi légère et aussi dégagée que possible, comme si cette idée m'effleurait l'esprit à cet instant précis. Car ce que je lui demande, en réalité, c'est : tu ne peux pas garder la maison ? Tu ne peux pas la garder pour moi, à cause de moi ? Peux-tu la garder pour que je puisse revenir l'été et suivre la trace de mes souvenirs, écouter sous cet acacia les voix d'autrefois ? Car les voix sont restées. Les gens ont disparu, mais leurs voix sont là. Je les écoute parler et rire dès que j'entre dans la maison, je les entends – non, c'est différent, je les entends déjà au moment où j'ouvre le portail et où je longe le mur de la maison, j'entends ma tante qui crie, mon oncle qui rouspète, je les entends dans la cuisine, dans le vestibule, dans la chambre, j'entends leurs pas, le bruit des portes qui claquent et les rires, le pugilat auquel se livrent leurs phrases, leur litanie du quotidien, l'une se mêlant à l'autre, familière. Leurs voix emplissent toujours cette maison, enflent les rideaux devant la fenêtre ouverte et se fraient ensuite un chemin dehors, jusqu'aux branches et aux rameaux.

Ma cousine hésite, elle doit savoir combien c'est important pour moi, ce que cela représente à mes yeux, elle me répond donc de son « non » le plus doux, comme si elle avait peur de me blesser avec ce non, d'exiger trop de moi en me demandant d'entendre un non ici et maintenant. Elle a besoin de la ville, me dit-elle, elle accompagne ce non d'une poignée de phrases, elle orne son non, le transforme en une explication pour moi, une justification pour elle, mais nous savons déjà toutes les deux que ces étés sont derrière nous, que nous les perdons, que nous sommes précisément en train de les perdre, que cet été est le dernier de son espèce. Elle a besoin du théâtre, dit-elle, des concerts, des gens, des cafés et des restaurants, du pouls, de l'animation de la grande ville, de son tumulte, de son goût de l'élan et du mouvement. Elle ne peut pas revenir au village, vivre parmi les villageois, des villageois dont les pensées ne dépassent pas le rayon du bourg. Elle va abandonner la maison, reprend-elle après une pause. Sa mère démente ne reconnaît pas les lieux, pour elle la maison n'a plus aucune importance. Les étés précédents, elle en reconnaissait encore l'intérieur : son lit, son oreiller, sa porte et sa poignée, sa chaise de cuisine au dossier élevé, ses rideaux, la machine à coudre sur laquelle, jadis, elle avait jour après jour cousu des gants pour la fabrique toute proche. Elle ne peut plus servir de patric, de fil du souvenir qu'elle pourrait reprendre comme matériau pour tisser ses propres images. Je vais donc aussi perdre ce bout de terre, ces murs et ma marche sans peine vers l'hier. Nous sommes toujours à la porte, nous n'avons pas bougé. Nous regardons le jardin, l'alignement de fruitiers et d'herbes, comme si nous essayions de graver dans notre esprit la moindre fibre de verdure. Pour nous, quelque chose s'achève au cours de ces journées d'été, la maladie creuse une coupure en travers de notre existence, la mort déjà découpe notre vie, il faut que nous lâchions quelque chose, dans ce monde qui continue à tourner nous devons abandonner et donner quelque chose.

***

Avant de revenir à la maison avec ma mère, avant que nous partions et tournions le dos au village, j'emballe des affaires dans la maison d'été de mes parents, encore une capsule temporelle, encore un coffret rempli de passé. Nous y avons été installés, dans cette capsule temporelle, c'est dans cette capsule que nous avons discuté au cours des dernières semaines, dans cette capsule que nous avons pleuré. J'ai passé quelques nuits seule dans le silence de la maison, interrompue par les seuls aboiements furieux du chien voisin. Mes nuits d'aboiements. Chaque fois que la route se faisait trop longue pour moi et que j'avais besoin d'une pause entre les cliniques et le Balaton, chaque fois que je n'avais plus la force de quitter le village pour faire une heure de route supplémentaire jusqu'au lac. Je suis restée allongée seule dans cette chambre, sur les fleurs en velours d'un récamier des années 1920, entre des vitrines de livres et des lampes Art déco, et avant de m'endormir je suivais les fines fissures dans le crépi ocre jaune des murs, comme si elles pouvaient me guider et me diriger, après le réveil je m'asseyais sur la terrasse avec mon café au lait et, sous l'ample ramure du noyer, j'admirais la lumière du matin, la lumière du jour naissant. J'ai dit à ma mère, chaque fois que je viens ici, je veux emporter quelque chose. J'emballe donc les verres à vin de ma grand-mère, des verres d'une finesse gracile, ciselés à la main, ceux de son trousseau, avec un motif de boucles et de vrilles de lierre, des verres de près d'un siècle, une carafe, du linge de table blanc immaculé – comment l'a-t-elle gardé aussi blanc ? – je fourre tout prudemment dans le coffre et je me dis à moi-même, voilà que tu te mets à rassembler des bouts de souvenir, à t'entourer de symboles. Voilà que tu te mets à construire tes ponts. Le premier se brise et t'échappe, comme prise de panique tu construis le suivant, voilà donc que, déjà, tu commences.

Avant de fermer le portail et de prendre congé pour cette année dans l'à-peu-près, avant de m'asseoir au volant et de me mettre en marche vers l'incertain et pourtant prévisible, je passe un coup de téléphone à Berlin. Une amie de mon frère a été hospitalisée il y a une semaine pour une infection, d'abord aux urgences puis, rapidement, en soins intensifs, manifestement à cause d'une allergie à un médicament. Elle est proche de la cinquantaine, mère de trois enfants. C'est l'action parallèle de nos derniers jours et de nos derniers coups de fil quotidiens, le fil narratif parallèle de notre été. Ce sont les personnages secondaires, et pourtant ils emplissent toujours les dernières phrases de nos entretiens, celles qui précèdent l'instant où nous raccrochons. Hier, j'avais demandé de ses nouvelles, son état avait empiré. Mon frère m'annonce à présent qu'elle est morte au cours de la nuit. La femme avec laquelle il dînait encore chez l'Italien, à Dahlem, il y a peu de temps. Riant, buvant, faisant du bruit. L'enterrement aura lieu la semaine prochaine dans un cimetière forestier. Ensuite seulement, il pourra renouer le fil avec nous.

***

Nous faisons le trajet en passant par Vienne et le Weinviertel, par la clinique de Mistelbach, celle dans laquelle ils ont transporté mon père en hélicoptère. Notre dernière étape avant le retour, notre arrêt de bus sur la ligne des adieux. Une journée brûlante et torride, on annonce de la tempête et de fortes pluies pour le milieu de la journée. Le chemin nous est déjà familier, je dépose la voiture sur le parking du toit, nous franchissons la grande porte d'entrée, passons devant le café où nous avions mangé avec mon frère après l'opération et tenté, à trois, de ne pas verser nos larmes en prenant le gâteau et le café, tenté de les retenir. L'ascenseur nous élève jusqu'au service anesthésiologie et soins intensifs, je photographie avec mon portable chaque bifurcation, chaque flèche, chaque écriteau, je veux envoyer à mes proches, pas à pas, le chemin qui mène au lit de malade, pour qu'ils le trouvent sans peine lorsqu'ils rendront visite à mon père en fin de semaine. En parlant hongrois, ils n'iront probablement pas loin, mais qu'au moins ils n'aient pas à chercher longuement, à se frayer un chemin en tâtonnant avec les pieds et en posant des questions avec les mains. Une nouvelle fois, nous nous annonçons par l'interphone, famille Bánk, bonjour, nous aimerions voir mon père, une nouvelle fois la porte s'ouvre d'un coup pour nous, une nouvelle fois nous franchissons l'écluse, nous posons nos sacs, nous passons au-dessus de la tête les tabliers en plastique blanc et nous les nouons dans le dos, nous descendons une fois de plus le long couloir, cette dernière section d'un chemin sur lequel on doit s'attendre à tout, nous jetons timidement un regard dans la chambre, et nous tenons les mains de mon père.

Nous parlons pour contrecarrer le délire dans lequel il a glissé depuis son opération, ce mélange d'anesthésie, de mauvais état général, de médicaments, de choc et de long séjour à l'hôpital. Quelque chose entre cauchemar et réalité, entre hébétude et lucidité, entre les démons de l'esprit et les murs blancs et lisses de sa chambre. Certes, mon père nous reconnaît, mais ses propos sont confus, il ne sait ni où il est ni pourquoi. Je ne cesse de lui dire, tu es à l'hôpital, tu as été opéré, je lui énumère les étapes : je t'ai conduit à la clinique à Eisenstadt, dans la ville des Esterházy, celle au château Esterházy, tu la connais, voyons, celle où quand ce n'est pas Esterházy c'est Haydn, tu sais bien, tu allais très mal, ta fièvre ne baissait pas, alors nous t'avons interdit le jardin d'Éden et nous t'avons conduit à l'hôpital. Ensuite tu as été à Hainburg, à environ une heure d'ambulance vers le nord, à peu près à la hauteur de Bratislava, mais ta fièvre n'a pas disparu, c'est pour cela que tu es ici maintenant, encore un peu plus au nord, ils t'ont transporté en hélicoptère, tu te rappelles ? Tu rentreras certainement bientôt à la maison, c'est sûr, je te le promets, nous nous occupons du transport, je m'en occupe déjà. Tout va aller mieux, tout va s'arranger, il faut juste que tu reprennes un peu de forces, mange, dors et repose-toi.

Le ciel d'août, indifférent, a déjà préparé son prochain orage, il a amassé des nuages sombres et envoie à présent en éclaireur le grondement de son tonnerre. Lorsque nous partons, laissant sur place mon père branché à ses tuyaux, les premières grosses gouttes nous tombent dessus, comme pour nous gifler. Parce que nous l'abandonnons, parce que nous le laissons seul, que nous le livrons à des étrangers sans savoir s'il pourra revenir à la maison dans un délai prévisible, s'il nous pardonnera de nous être levées, d'avoir franchi le seuil de cette porte et d'avoir repris la route, sans savoir si cela joue un rôle pour lui ou si, au cours de ces heures-là, cela n'en a peut-être aucun et, dans ce cas, si nous nous reverrons seulement un jour. Nous reverrons-nous ? Mais pour l'instant, nous n'avons pas d'autre solution. Mon père est prisonnier d'un entre-deux-mondes et nous sommes emprisonnées avec lui. Trop éloigné de nous, de Francfort et Berlin, mais aussi de ses parents en Hongrie. À Mistelbach, nous n'avons personne.

Une tempête se déchaîne sur Vienne, je ne peux pas poursuivre ma route et dois me ranger sur le bas-côté. J'actionne mes feux de détresse, nous restons assises dans la voiture chaude et humide sous les coups de fouet crépitants de la pluie, comme si le ciel nous l'envoyait à titre d'avertissement, comme s'il s'agissait d'un message à moi destiné, ne va surtout pas croire que tu puisses partir simplement, comme ça. Ne va pas croire que tu puisses simplement abandonner ton père. C'est plus tard, seulement, que les nuages rendent la place au grand été qui nous entoure depuis des semaines, cet été d'un jaune piquant dû au changement climatique dont la chaleur et les impondérables ont un air de menace ou d'exigence. À chaque kilomètre nous nous éloignons un peu plus de la chambre de malade high-tech, comme si nous revenions peu à peu d'une station spatiale vers la terre, comme si nous préparions lentement, précautionneusement, notre atterrissage.

Nous avons quitté le vieux système de coordonnées de mes parents, les circuits nerveux de leurs anciennes cartes routières, cette contrée de la terre biographique qui retrace les étapes de leur fuite, puis leur arrivée à l'étranger et dans la liberté. Tout ce qui se situe entre Sopron, Eisenstadt, Mattersburg et Vienne. Vieux ciel, familier. Nouveau ciel, inconnu – au-dessus du camp d'accueil, du camp de transit, du camp de répartition. Ma mère a découvert, sur un panneau au bord de l'autoroute, le nom de la localité où elle a rencontré mon père pour la première fois. À l'automne 1956, quand ils durent tous les deux quitter du jour au lendemain leur domicile, leur famille, leur présent et les piliers soigneusement disposés de leur jeune vie. Ils s'étaient trouvés tous les deux dans la même file d'attente, avec leurs souliers salis par la boue des champs en novembre, ceux qu'ils avaient traversés, hors d'haleine, pour aller vers la liberté, et ils ne savaient encore rien l'un de l'autre. Ils y avaient attendu, une couverture sur les épaules, qu'on procède à leur enregistrement de réfugiés, qu'on reporte leurs noms sur des listes et qu'on les répartisse dans des bus qui les conduiraient vers un avenir incertain.

Il l'avait aussitôt remarquée. Mince et dégingandée, juvénile, avec cette manière nonchalante de se tenir et de marcher. Vêtu d'un loden vert foncé, un manteau dans lequel il disparaissait presque. Il l'avait abordée et lui avait tout de suite proposé de traduire en allemand pour elle et pour les deux amies avec lesquelles elle avait réussi à prendre la fuite. Pourquoi ne boutonnait-il pas son manteau avec un froid pareil ? avait-elle demandé. Il n'avait rien répondu, il s'était contenté de montrer la boutonnière pour qu'elle puisse voir que le manteau n'avait pas de boutons. C'était un don, sorti d'un sac de la Croix-Rouge, un manteau d'hiver beaucoup trop long auquel manquaient les boutons. Elle l'entend encore lui demander son prénom, et la mélodie sur laquelle il avait répété cet Ilona : Ilona – comme une ouverture aux années et aux décennies qui suivraient.

***

À Balatonfüred, l'un de ces matins-là, alors que le soleil avait déjà rampé au-dessus des collines mais que tout le monde dormait encore, j'avais eu un entretien téléphonique avec mon amie pastoresse, et je m'étais plainte. J'allais et venais entre la lavande et l'hibiscus, sous le hêtre rouge, dans le jardin de la maison de vacances que je nous avais louée cet été-là. J'avais suivi les premiers baigneurs, avec leur corbeille à pique-nique et leurs bobs, sur le chemin qui les menait à la plage, et j'avais dit : je suis très en colère contre ton patron ; deux semaines insouciantes en Hongrie, il n'a pas voulu nous les offrir – pourquoi pas ? C'était ridicule, nous n'en avions pourtant pas trop demandé, personne ne s'était montré présomptueux en réclamant deux, oui, juste deux ridicules semaines : nager, sortir à la nage sur le matelas gonflable, soulever les enfants et les jeter dans les vagues, attendre près du lac bleu jusqu'à ce qu'il vire au vert, l'après-midi, boire une ou deux Soproni au soleil vespéral, plus tard, sous les vignobles, dans la Petrányi Pince, manger du poisson, bondir sur ses pattes et payer en vitesse au moment où les moustiques commencent leur chasse au sang. Tout ça n'était que pour une fois, une seule ! Prendre congé de l'été, de l'eau, de l'air et du soleil, ça n'avait pourtant rien d'exagéré, rien de présomptueux ! Elle avait répondu : Dieu a trop de choses qui lui bourdonnent dans la tête, il ne peut pas tout voir, il ne peut pas être partout, imagine un bureau gigantesque avec des étagères d'une hauteur sans fin, plein de classeurs allant jusqu'à l'infini, rivalisant avec l'infinité. Peut-être que quelqu'un a mélangé les classeurs, posé quelque chose là où il ne fallait pas, ou bien oublié de le voir, ça peut arriver. Ensuite, elle avait dit : tu n'as pas le droit de te mettre en colère. Ce sera plus facile si tu ne t'en prends pas au ciel, tente de ne pas t'en prendre à lui. J'avais expliqué que je ne m'en prenais pas à lui à cause de la fin, la fin, j'ai compris depuis très longtemps qu'elle viendrait et que nous ne pourrions pas l'empêcher, la repousser. Oui, j'ai compris. Oui. Et pourtant je m'en prends à lui, parce qu'on n'a pas voulu nous offrir deux semaines, deux semaines sans soucis, sans douleur. Qu'est-ce que c'est, deux semaines, à l'aune d'une vie humaine ? Deux dernières semaines ?

Ton père est encore sur cette terre ? demande-t-elle à mon retour à Francfort, et je trouve que ça sonne mieux, beaucoup mieux que mort ou décédé. On dirait qu'elle parle simplement d'un autre lieu où il pourrait se trouver, Nangijala, la vallée des cerisiers, la vallée des rosiers, Nangilima, le ciel, l'au-delà, quelque chose de ce genre, quel que soit le nom qu'on lui donne, la manière dont nous l'imaginons et nous le figurons, quelle que soit la manière dont nous le dessinons devant nos yeux, en tout cas plus sur terre, mais quelque part ailleurs, peut-être parti poursuivre son voyage, parti en volant, c'est tout de même concevable, pourquoi pas ? Elle voit beaucoup de mourants. Elle se tient à leur chevet, debout ou assise, elle parle, elle écoute. À un moment donné, la mort est plus distincte que la vie, dit-elle, la vie cède le pas à la mort, à un moment donné l'heure est venue et l'on voit que la mort a pris le dessus, la vie s'étiole. La vie s'en va, elle se retire, elle arrête, elle disparaît. Plus sur cette terre – peut-être peut-on aider en prononçant cette suite de mots, quand on en est là, quand c'est le jour, quand il commence, peut-être prend-elle une part de l'inexorabilité et de la dureté, peut-être vais-je ensuite réussir à me dire que mon père est ailleurs, que c'est la seule raison pour laquelle il n'est plus auprès de nous parce qu'il se trouve dans un autre lieu où nous ne sommes justement pas. Que cela puisse encore être un *quelque part* – voilà qui me tranquillise d'une manière très simple. Ne plus vivre tel que nous le connaissons. Mais être, être encore d'une certaine manière.

***

Chaque jour nous appelons le numéro d'assistance de l'ADAC, l'Automobile Club allemand, ce chronophage, ce nervophage, et nous supportons la série de mises en attente, première voix, deuxième, troisième, le résumé de l'affaire, nous formulons toujours les mêmes phrases, entendons les mêmes questions, donnons les mêmes réponses. Sommes-nous simplement enlisés dans le mode de travail courant des assurances ? Encaisser sur un compte intangible, mais ne jamais rien obtenir en retour, ne jamais émettre de revendication ? Nous avons un numéro de dossier, mais pas de correspondant attitré. Nous agissons à distance, nous faisons pression pour qu'on le rapatrie chez nous, nous exigeons, nous prions, nous mendions, nous servons d'intermédiaires entre l'ADAC et la clinique de Mistelbach, nous tentons de mettre la main sur les personnes idoines et de les convaincre de se décider enfin à tout mettre en œuvre pour que notre père rentre à la maison. L'impression nous gagne peu à peu qu'on gâche et qu'on gaspille volontairement du temps, qu'on retarde le processus dans l'espoir que nous puissions passer prendre notre père nous-mêmes, l'asseoir simplement sur la banquette arrière de notre voiture et le ramener à la maison. Soixante ans d'inscription valent environ soixante heures de traitement – c'est peut-être comme cela qu'ils calculent.

À une heure au nord de Vienne, mon père est encore à l'hôpital, sans points de repère, sans ancrage, sans radar. Sans accompagnement, sans visites susceptibles de lui dire ce qu'il en était et ce qu'il en est de lui, qui pourrait le lui répéter quotidiennement à son chevet. Cette image se dépose sur mon souffle, sur ma poitrine, mes mains, elle ne me laisse pas de répit. Je dis à mon frère, nous ne pouvons pas le laisser seul comme ça, pas si longtemps, il bouleverse donc pour la deuxième fois ses projets pour l'été et repart, refait la route Berlin-Vienne, franchit encore une fois deux frontières, traverse encore une fois, de nuit, Prague, la Prague de Kafka et Hrabal, sous des lumières ternes éclairant des routes vidées par la nuit, entre des percées de petites maisons qui sommeillent tranquillement, puis il prend une chambre à Josefstadt, à Vienne, trouve un peu de distraction dans les musées entre Klimt, Kokoschka et Schiele, et emprunte chaque jour sa voiture pour se rendre dans le Weinviertel, dans cet hôpital, comme dans une série de début de soirée, propre, clair, aimable, un hôpital dans lequel tout semble ronronner sans se heurter à aucune résistance et où les médecins nous renseignent sans que nous ayons besoin de leur courir après.

J'attends à Francfort qu'il me donne des nouvelles, qu'il m'appelle, le soir, pour me faire le récit de la journée, me dire si nous nous rapprochons du moment du transfert, si notre père dort, mange et boit, si son délire marque des pauses et lui permet des moments de lucidité, s'il laisse notre père parler comme il l'a toujours fait. Depuis le début de l'année, la sonnerie du téléphone est devenue ma tonalité de l'angoisse, ma note de la terreur, mon son de la panique, celui qui met en pièces la petite normalité de mon quotidien, le châssis de vie résiduelle dont je maintiens encore la cohérence et qui, en retour, me maintient moi aussi, un cadre fait de travail, de rémunération, de famille et d'enfants, un cadre dont l'existence continue, qui ne s'est pas simplement arrêtée et rétractée au seul motif que quelque chose de plus grand est imminent. C'est mon angoisse de la mauvaise nouvelle, celle dont je dois me protéger, celle que je dois supporter. Dès que cela sonne, ma mémoire de l'angoisse se jette au-devant de moi et me paralyse, me commute en mode approvisionnement d'urgence. Bien sûr, j'écoute, je discute et je fais des propositions, je hoche la tête et je dis oui ou non, mais en un point donné mon sang oublie de circuler, il s'immobilise jusqu'à ce que je sonne la fin de l'alerte.

Depuis le déambulateur, l'angoisse a fait irruption dans ma vie. Depuis le déambulateur, cette peur-là aussi est présente. Ce n'est pas à cause du déambulateur, elle n'est pas liée à lui, elle est simplement simultanée, le hasard a voulu que cela tombe au même moment. À peu près au moment où nous avions commencé à nous acclimater au déambulateur, comme on s'acclimate aux choses qui deviennent inévitables et dont on comprend qu'il faut les accepter. Lorsque ce sujet a fait irruption dans la vie, et que j'ai vu d'un seul coup que les deux étaient constamment liés, lorsque j'ai commencé à observer des gens qui montaient avec ces instruments dans le métro, qui serraient les freins et s'asseyaient pendant le trajet sur le petit support, puis se relevaient, sortaient et reprenaient leur marche. L'orientation de notre angoisse s'est transformée à cette époque, peut-être même avant, peut-être a-t-elle commencé à se retourner avant cette date. Autrefois, notre père avait peur pour nous, son sentiment paternel fondamental dont il n'avait jamais pu s'ébrouer et se débarrasser, comment et pourquoi, je ne l'ai compris qu'au moment où j'ai moi-même eu des enfants. Il n'aimait pas que j'aille faire mon jogging toute seule dans la forêt et quand mon frère, autrefois, était sur la route à moto, mon père restait éveillé dans son lit et ne pouvait s'endormir que lorsqu'il entendait devant la fenêtre le claquement d'ouverture et le verrouillage de la béquille, lorsqu'il savait que son fils était à la maison, sain et sauf. À présent, l'orientation de notre angoisse s'est retournée. Comme un serpent qui pose la tête à côté de l'extrémité de sa queue. C'est moi qui ai peur pour mes parents.

***

Comment un corps peut-il être détruit aussi vite ? m'a souvent demandé mon père au cours des derniers mois, comme s'il en restait ahuri, comme s'il ne pouvait pas croire que son corps, le sien justement, lui faisait cela, ce corps qu'il n'avait jamais maltraité, envers lequel il ne se montrait jamais négligent ou indifférent, pas d'excès, pas de drogues, peu d'alcool, mais du sport, du mouvement, de l'air frais, ce corps envers lequel il avait toujours fait preuve de bonté. Chaque fois que nous discutions, ou presque, il me posait cette question : comment mon corps peut-il se dégrader aussi vite ? Non, il n'y a pas de bonne fin. Oui, toute fin est cruelle. Ma cousine ressent la même chose avec sa mère démente. Au jardin d'Éden, par l'une de nos soirées d'un vert profond, elle avait porté le regard vers sa mère et dit, avec un peu de rage dans la voix : Et voilà ce que nous avons reçu, *mi ezt kaptuk* – voilà ce qu'on nous a attribué, voilà ce qu'on a prévu pour nous, il faut vivre avec à présent. Elle prononça ces mots tandis que ma tante regardait ses mains vides et les activait comme si elle faisait passer un fil dans le chas d'une aiguille. Une activité à laquelle elle a consacré son temps toute une vie durant et que ses doigts ont gardée en mémoire, un petit mouvement concentré qu'elle répète chaque jour à de nombreuses reprises. Elle est toujours assise dans sa cuisine, à la fenêtre, pour profiter de la lumière incidente, et coud à domicile des gants pour la fabrique. Elle tire sur un fil invisible, le détache d'une bobine invisible, pousse sous l'aiguille le tissu blanc invisible pour la doublure et commence à actionner la pédale d'une machine à coudre invisible.

Szegény est un attribut fréquemment utilisé en hongrois : pauvre. Non pas au sens de dépourvu de moyens, mais pour désigner celui qu'a puni la vie, qui a été maltraité, négligé et trompé par la vie, en tout cas pitoyable. Pauvre Judit, pauvre Lajos. Chaque vie se déroule de telle sorte qu'elle a un jour ou l'autre besoin de cet attribut, il convient un jour à chacun, on l'accroche un jour à chacun, on le pose à un moment ou à un autre devant chaque nom, même s'il n'est pas forcément adéquat, parfois on l'emploie de manière dispendieuse. *Szegény Attila, szegény Ági.* On l'utilise pour des connaissances et pour des inconnus, pour le grand puzzle composé de nos prochains, de notre famille, de nos voisins, cela convient d'une manière ou d'une autre à chacun, d'une façon quelconque quelqu'un est pauvre un jour. Maintenant nous pourrions dire à ma tante : pauvre tante Jolán. On pouvait tout lui prendre, sauf la raison, disait-elle, c'est pour obtenir cela qu'elle priait, à l'église, à la messe, sous la sobre croix en bois de son vestibule, au jardin d'Éden, sous son acacia, sous son poirier et avant d'aller se coucher, quand elle joignait les mains au bord de son lit. Or c'est précisément cela qu'elle était en train de perdre, cela qui passait dans le rouge, cela qu'on lui ôtait, qu'on lui volait, qu'on lui prenait un peu plus chaque année. À présent, dans cet été de sécheresse, ma tante n'avait plus pour nous que des éclats de phrases, des propositions *ad hoc* tirées du néant, reliées à rien, sans coexistence, sans lien, sans avant ni après.

Chaque été, ma mère avait passé beaucoup de temps avec sa sœur, et avait parfois pleuré sur le fantôme qu'elle était devenue. Sur cette enveloppe, cette forme qui avait certes exactement la même apparence, mais avec laquelle elle ne pouvait plus, comme au cours de toutes les années précédentes, partager la parole et l'écoute, l'entité faite de mots et d'espace qui appartient à des sœurs. Elle pleurait de voir la sienne rester debout dans la cour sous une lune blafarde, elle pleurait de devoir la prendre par la main et la raccompagner, elle pleurait de la voir traverser la maison quand les autres dormaient, pour ouvrir placards et portes afin de chercher quelque chose qu'elle ne trouvait jamais ou se tenir assise au bord de son lit et avoir besoin de quelqu'un pour lui dire ce qu'il fallait faire, dans la nuit, dans l'obscurité de la maison, lui dire qu'elle devait s'allonger, là, la tête sur l'oreiller, lever les pieds et se couvrir, oui, remonter la couverture jusqu'au menton, oui, exactement comme ça, fermer les yeux et continuer à dormir. Ma mère pleurait des absurdités que lui disait sa sœur, de toutes les choses que son cerveau émiettait, tordait et mélangeait, toutes celles qu'il avait oubliées et perdues, qui n'étaient plus trouvables, et des instants rares où, subitement, elle prenait le visage de ma mère entre ses mains et, dans sa litanie habituelle, portée par la mélodie d'antan, prononçait son petit nom, Ilike.

Souvent elles s'étaient tenues assises dans la cuisine, à la petite table de bois qui offrait de la place pour deux assiettes et deux verres, pas plus, et elles avaient chanté, beaucoup chanté, car le chant était resté, le chant était encore là, relégué dans un compartiment bien protégé dans le grenier du passé, avec des chansons qui venaient à la demande, des notes et des textes de l'époque où elles étaient petites filles. Mon père ne s'était jamais lassé de pratiquer avec ma tante des exercices de mémoire et de compréhension, dans des entretiens en question-réponse qui ne prenaient littéralement jamais fin. À de nombreuses reprises, il avait passé en revue avec elle les noms de ses proches parents ; ensemble, ils énuméraient les prénoms des frères et sœurs, ceux des enfants, petits-enfants et arrière-petits-enfants. De longues listes de noms, des arbres généalogiques, des millésimes, des séries de chiffres, des agrégats de mots, des mondes d'images, pour ne pas oublier toute la pensée, utiliser encore sa tête, stimuler la mémoire et le goût du travail qui lui reste, ne pas la laisser disparaître, ne pas laisser se casser ce dernier fil, ne surtout pas abandonner, ne pas perdre entièrement la vie en pensées.

Il y a un an, je les avais vus tous les deux assis à discuter sous l'acacia, mon père dans le rôle d'un enseignant d'une extrême patience, ma tante dans celui d'une élève appliquée et désireuse d'apprendre. Et ta fille, comment s'appelle-t-elle ? avait demandé mon père. Kati. C'est cela, Kati, très bien. Et ton fils ? Joco. Exact, Joco. Et ton frère, ta sœur ? Imi, Ili. Tout à fait, Imi et Ili. Et tes autres frères ? Lali, Gabi. C'est exact, très bien, Lali et Gabi. Le père était le seul dont on n'ait pas eu à tenter laborieusement d'obtenir le nom, lui était toujours là dans cette mémoire poreuse et en cours de dispersion. Il est devenu le fragment de souvenir constant, le bastion imprenable du cerveau, son père, mon grand-père, qui, en mourant au cours de l'hiver 1973, avait enclenché la fin du monde, continue à y vivre. Décédé voilà bientôt cinquante ans, il descend chaque jour d'un pas lent le chemin qui mène à la maison de ma tante, il fume sa Symphonia et ôte son chapeau devant le portillon du jardin. C'est aussi l'un des effets de la maladie. Elle ne libère pas les morts, elle ne les relâche pas, elle ne les donne pas. Elle ne les laisse pas être morts. Il se passe à peine une journée sans que ma tante parle de son père. Sans qu'elle dise, Père vient aujourd'hui, Père était ici à l'instant. Mettez une assiette sur la table pour votre grand-père. Faites-lui réchauffer la soupe, allez chercher le gâteau dans le cellier et prenez les bonnes assiettes, celles aux tulipes rouges. Ouvrez le portail, que votre grand-père puisse entrer.

Alors, oui, chaque fin est atroce. Il n'y a pas de bonne fin. Mais la longue agonie exténue, le trépas retardé est hypocrite. Chaque jour il nous donne pitance et espoir, il nous laisse respirer quand nous voyons que le moment n'est pas encore venu, qu'il y a encore le temps, aujourd'hui, cette journée, nous l'avons encore, cet instant, ces vingt-quatre heures supplémentaires nous appartiennent, nous en disposons. La longue agonie est un mensonge, elle nous fait croire à quelque chose qui n'existe pas, nous attrapons ce leurre et nous nous y tenons fermement. La longue agonie est une tension suspendue. À moins que ce ne soit pas vrai ? Le cancer n'est-il en réalité pas si mauvais que ça, quand on compare les types de morts ? Avec le cancer, on reçoit tout de même une sorte d'avertissement préalable, on est témoin d'une détonation, on reste en marge de la zone de déflagration, juste devant les rubans rouge et blanc qui la délimitent. On entend un coup tout près de l'oreille, et le sifflement ne s'arrête pas avant un bon moment. Le jour du diagnostic, on sait que celui des adieux s'approche, on commence donc à utiliser le temps, soudain on peut le saisir, on peut le voir s'étendre devant soi et déployer comme un éventail ses heures, mais surtout ses secondes, ses instants. On reçoit du temps, on a même un nouveau sens du temps, on ne le laisse plus s'écouler sans y faire attention, on ne le gaspille plus stupidement.

Moi aussi, j'ai utilisé le temps, j'ai accompagné mon père chez les spécialistes, chez son médecin de famille, à chaque examen, à chaque entretien. À cette époque, nous téléphonions chaque jour pour connaître le diagnostic, c'était une sorte de période intermédiaire, de prolongations ou de temps résiduel, selon la manière et le moment où l'on commence le calcul, où l'on apprend en tout cas à compter les heures autrement, où elles gagnent, de manière exponentielle, en signification, en poids, et où, de ce seul fait, elles vous rendent nerveux. J'allais me coucher le soir habitée par une inquiétude et je me réveillais avec elle le matin, la nuit n'avait pu l'adoucir ni le sommeil l'apaiser. Je ne me suis jamais tranquillisée qu'au moment où j'entendais ou bien voyais mon père, où je savais qu'il était encore là, il est encore là, il parle et il rit, il demande, il a quelque chose en tête. Dans cette mesure, le cancer n'est pas si mauvais. On a un peu de temps, la fin ne survient pas d'une seconde à l'autre, elle commence par s'annoncer, puis on attend des jours, des semaines, peut-être même des mois avant qu'elle soit là, avant de se lever un matin en sachant, maintenant, elle est là.

Nous avons aussi partagé l'attente, la longue attente. Au final, certains jours n'étaient qu'attente. Dans les vestibules du service d'oncologie, où quelque chose d'une nature silencieuse bien particulière nous a gardés soudés, un mélange d'angoisse et d'espoir, de courage et de mauvaise humeur, d'opiniâtreté et de compréhension. Nous étions unis par quelque chose dont nul n'avait parlé, mais ce quelque chose était présent, nul n'avait besoin de l'évoquer. Je regardais les visages inquiets des épouses, des compagnons et compagnes, des époux, des fils et des filles, moi-même j'avais cet air-là. Après tout, il faut bien que notre vie s'achève, et il faut bien que quelque chose nous arrive avant cette fin. Avant la mort, il y a la maladie, c'est amer mais inéluctable. Il n'existe pas de libertés dans ce type de récit, il n'y en a pas dans la chronologie, elle est donnée à l'avance, selon le même schéma immuable, c'est toujours le même déroulement, la même succession : maladie, diagnostic, progrès de la maladie, mort. Nous ne pouvons pas le choisir, tu ne peux pas le choisir – j'entends cela fréquemment au cours de cette année. Et pourquoi pas ?

Pourquoi pas, au juste ?

***

Le transport sanitaire organisé par l'ADAC achemine mon père de Mistelbach à Francfort, vendredi matin, à huit cents kilomètres de nous, ils l'ont fait monter sur un brancard à bord d'une ambulance et sont partis avec lui. Notre transport de produits dangereux, avec les nombreux gyrophares, notre convoi exceptionnel, auquel je ne croyais pratiquement plus, doit arriver aujourd'hui. Pour nous, c'est une sorte de victoire d'étape, une espèce de maillot à pois roses du meilleur grimpeur dont on nous autorise à nous vêtir : quelque chose s'est ouvert, quelque chose est réglé, il y a quelque chose dont nous n'avons plus à nous soucier, pour quoi nous n'avons plus à déployer d'énergie. Mon frère a insisté pour que je sois sur place à l'arrivée de notre père, pour qu'il voie non pas les murs d'un hôpital et des blouses d'infirmières, mais un visage familier. J'ai donc fait le calcul : Vienne-Francfort, circulation du vendredi, plus bouchons du vendredi, plus goulet d'étranglement Passau-Deggendorf dû au mauvais temps, plus triangle autoroutier de Wurtzbourg, et depuis dix-sept heures j'appelle toutes les heures aux urgences du CHU de Höchst, à Francfort, pour ne pas manquer son arrivée. Mon père revient sur les lieux que nous avons quittés des semaines plus tôt afin de vivre ensemble un dernier été hongrois. Si j'avais pu deviner en quoi allait se muer ce voyage, ce qu'il allait nous arracher et exiger de nous, nous ne l'aurions jamais entrepris. Je ne serais pas passée prendre mes parents par ce dimanche ensoleillé qui annonçait déjà la fournaise de la journée, je ne me serais pas procuré de petites bouteilles d'eau et des petits pains chez le boulanger, je ne les aurais pas installés sur les sièges arrière, je n'aurais pas chargé leurs sacs dans le coffre et je ne serais pas partie avec eux en direction du Sud-Est. Mon père serait resté dans le jardin, chez lui, et nous nous serions contentées de veiller sur lui.

À l'appel suivant, j'ai de la chance, l'ambulance vient tout juste d'arriver, je me rends immédiatement aux urgences avec ma mère. Il est déjà tard, par cette soirée d'une chaleur trompeuse qui peint le ciel d'un rose innocent et continue à assécher et à empoussiérer la campagne et la ville, une soirée par laquelle les gens se promènent sur les trottoirs avec des arrosoirs pour donner de l'eau aux arbres et aux buissons parce que la nature se cabre et se refuse. Me voilà aux inscriptions, de nouveau prise par cette panique idiote dont je ne me débarrasse plus, comme si je pouvais arriver trop tard, comme si pouvait encore s'interposer quelque chose qui nous barrerait ces retrouvailles, comme s'il pouvait encore survenir quelque chose pendant ces quelques pas que je dois accomplir pour rejoindre la chambre du malade, quelque chose qui nous éloignerait les uns des autres. Je ne sais pas comment je vais trouver mon père après toutes ces semaines folles, j'ai derrière moi une journée supplémentaire où mon angoisse ne s'est que difficilement laissé dompter et tempérer, une soirée où elle a déterminé mes pas, mes mouvements, la tonalité de mes phrases, où elle a pu croître sans peine et sans résistance, libre et sauvage.

Un seul membre de la famille est autorisé à venir le voir, et parce qu'à cet instant précis je ne peux ni contredire ni me quereller, je me plie à cette règle – sans un mot de protestation. Ma mère me laisse la préséance, je dois y aller et surmonter en notre nom à toutes les deux le premier obstacle, je dois chercher mon père et lui dire les premières phrases. Lorsque nous avons pris congé, en Autriche, il était pratiquement incapable de parler, il ne nous entendait presque pas. Il faut du temps avant que je trouve la bonne chambre dans ces longs couloirs, je demande aux infirmiers, je frappe à des portes, je les ouvre quand personne ne répond. Mon père est seul, allongé sous des tubes de néon impitoyables qui diffusent dans la pièce une clarté inutilement criarde, devant des stores baissés qui barrent toute représentation d'un monde possible à l'extérieur. Son visage a rapetissé, lui qui en temps normal était déjà si mince, si peu de chose. Un grand sac en plastique de la clinique de Mistelbach à ses pieds, à l'intérieur ses effets personnels qui ont fait le voyage en même temps que lui, son portable, les documents délivrés par la clinique qui l'a libéré, un peu de linge dont il ne s'est pas servi parce qu'il ne porte depuis des semaines que ces blouses d'hôpital nouées dans le dos. À chaque étape, ces dernières semaines, il a perdu quelque chose, personne n'y a fait attention à sa place, personne ne l'a repris à sa place, sa canne, son chargeur, sa veste d'été légère sont désormais quelque part en Autriche, peut-être dans les ambulances, dans l'hélicoptère, peut-être aux bureaux des objets trouvés, dans les caves des choses perdues. Nous nous tenons par les mains, je dis : tu es enfin là, tout va s'arranger maintenant, ça va aller, repose-toi, nous nous reverrons demain, tu n'es plus seul, désormais nous allons nous revoir chaque jour. Je passe la main sur ses joues, nous ne parlons pas beaucoup, il ne peut pas beaucoup parler. Circulation du vendredi, bouchon du vendredi sur les routes allant d'est en ouest, du sud au nord, Vienne, Passau, Ratisbonne, Wurtzbourg, la progression ne se fait parfois que pas à pas, dans la douleur, un gémissement à chaque ondulation du terrain.

Il demande comment cela a pu arriver, pourquoi il est en prison. On peut certes en avoir l'impression et ça en a effectivement l'apparence, lui réponds-je, mais tu n'es pas en prison, tu es aux urgences du CHU de Höchst. Je lui refais le compte des étapes qu'il a franchies et je lui dis, tu as une odyssée derrière toi, mais tu n'es pas en prison. Tu vas voir, ils vont t'emmener dans une chambre sans portes verrouillées, tu pourras les ouvrir et sortir quand tu voudras. Il me dévisage comme s'il était incapable de me croire, comme s'il se disait : si tu parles ainsi, c'est uniquement pour me tranquilliser, mais je sais ce qui se passe ici, tu ne vas pas pouvoir me rouler dans la farine, tu ne me raconteras pas d'histoires. Il me dit que dans la matinée il y a eu une fusillade, qu'une femme y a perdu la vie, que c'est pour cette raison qu'il est là maintenant. Ce sont les restes de son anesthésie qui lui font voir et dire cela, les toutes dernières manifestations en date de ce délire, qui se mêle aux fatigues du voyage et ne veut pas encore le libérer. Je recommence à pester, à me mettre en rage, mais en rage contre qui, contre quoi ? À qui dois-je adresser ma colère ? Au destin, au ciel, à Dieu ? À un centre de répartition des cours des maladies et des longueurs de vie ? Qui écoute mes plaintes, qui les accueille ?

Voilà donc qu'en plus du reste, ça lui vole son intelligence, me dis-je, son intelligence bien huilée, éveillée, toujours entretenue avec amour, il ne suffit donc pas que son corps l'abandonne, le voilà aussi lâché par sa raison. Le corps et l'esprit – pour mon père, il y avait là un ensemble, une relation, une ligne, et maintenir les deux en bon état de marche était un devoir existentiel. Dans son grand âge, il pesait à peine plus que dans sa jeunesse, à quatre-vingts ans moins qu'à vingt. Il pouvait toujours nager au large sans peine. Chaque jour il jouait une partie d'échecs contre l'ordinateur, il lisait, en allemand, en hongrois, en anglais, il entraînait son intelligence, ne lui offrait pas la moindre pause permettant l'abêtissement. Il se souciait de son intelligence comme d'un trésor, comme d'une plante précieuse et sensible sans laquelle il n'y aurait ni vie ni survie. S'il pouvait, à présent, se regarder de l'extérieur en usant de cette même intelligence limpide, il ne pourrait s'empêcher de pleurer.

***

Autrefois, en Hongrie, les aiguilles des horloges s'arrêtaient lorsque quelque chose de décisif s'était produit. Quand la mort emportait quelqu'un, la foudre tombait à proximité, le vent ouvrait la porte, gonflait les rideaux et refermait violemment la fenêtre, le battant de la pendule s'immobilisait d'un seul coup, son tic-tac s'arrêtait – et chacun savait que quelque chose s'était produit, que quelqu'un était blessé ou accidenté, que l'un de nous était parti. L'histoire de ma famille est pleine de ce genre d'images, toutes les histoires familiales sont peintes comme cela, une note de couleur faite de malheur et d'inéluctabilité se dépose sur cette trame et imbibe ce tissu de superstition et de goût du surnaturel. Les récits de ma grand-mère étaient remplis de ces présages et de ces annonces, de ces nouvelles de l'inquiétant. Ils nouaient des liens entre les générations, associaient les mondes visible et invisible et nous disaient : faites-y attention, reconnaissez-les et comprenez-les. Ne les repoussez pas, ne les négligez pas, ne les laissez pas résonner en vain. L'horloge s'est arrêtée quand ton grand-père est mort, elle a sonné une dernière fois, plus fort que d'habitude, puis elle s'est arrêtée. La foudre a frappé en plein champ quand ta grand-mère a fermé les yeux, et le blé ne pousse plus à cet emplacement. La branche tombée de l'arbre a détruit le toit quand ton oncle a eu son accident, il n'a jamais été possible de réparer l'emplacement abîmé. J'attends donc moi aussi un signe inexplicable de cette espèce. Quand je ne suis pas auprès de mon père, je compte là-dessus à tout instant, je guette un signe. Dans les rues et sur les places, dans les parcs, sur les toits, les clochers et les couronnes des arbres de ma grande ville agitée et affairée du XXIe siècle, qui a biffé tous les signes de son cosmos, qui s'est débarrassée depuis longtemps de tout ce qui portait un mystère, je le cherche.

***

J'ai peur lorsque je vois combien ma mère est encore capable aujourd'hui de pleurer ses parents, comment cette vieille femme qui vit depuis longtemps sans eux les pleure parfois comme si la perte datait de la veille. Dans la maison de ses parents, qui est devenue la villégiature des miens, une bagatelle suffit à la faire fondre en larmes, une photo en noir et blanc accrochée au mur, sa mère avec son col de dentelle claire sur le tissu noir, son père avec sa moustache et sa raie sur le côté, une phrase, une question, et voilà que s'enflamme la nostalgie. Le sentiment du manque est devenu subalterne au fil des ans, mais il ne cesse pas. En 1968, pour la première fois, elle a quitté sa nouvelle patrie pour revenir dans l'ancienne, quitté l'Allemagne pour la Hongrie, douze ans après l'insurrection et la déchirure dans sa ligne de vie. Après douze années dans sa nouvelle vie, sa nostalgie avait pris des dimensions incommensurables. Mon père nous a conduits en voiture jusqu'à la frontière, près de Sopron, est descendu, a dit à ma mère : d'ici, Ilike, toujours droit vers l'Est, toujours tout droit vers l'Est, et il a repris le train de Vienne pour retourner à Francfort. Un avocat de Budapest avec lequel il était lié d'amitié lui avait conseillé de ne pas courir le risque. À l'époque, il suffisait que l'Autorité de protection de l'État vous ait remarqué, qu'elle ait porté votre nom une fois sur ses listes, pour que vous deviez vous attendre en permanence à des poursuites ou des brimades. Nous sommes donc partis à trois, ma mère, mon frère et moi.

Derrière la frontière, entre le dernier poste de garde et les premières maisons de la ville, mon oncle nous attendait. Il avait passé des semaines à demander une autorisation pour pouvoir séjourner ce jour-là à proximité de la frontière, pour accueillir sa sœur, et il avait obtenu cette permission à temps, après avoir recueilli avec opiniâtreté signatures et tampons, faisant fi de toutes les mesures prises par le système pour décourager les citoyens. Nous n'avions pas le droit de nous perdre, de nous écarter du chemin, de nous égarer dans l'obscurité. Il savait que nous arriverions ce jour-là, ma mère nous avait annoncés dans une lettre, mais il ne savait pas précisément à quel moment ce serait. C'est pour cette raison qu'il avait pris le train de Sopron dès les alentours de midi, était allé se promener à l'extérieur de la ville, s'était installé sous le ciel plat du mois d'août et avait attendu à proximité des postes-frontières et des barbelés, le regard dirigé vers l'ouest. Il sortait sans arrêt son paquet de Munkás de la poche de sa chemise, en tirait une cigarette et faisait les cent pas en fumant tandis que le soleil descendait devant lui, puis il suivait des yeux les rares voitures qui passaient, tout cela jusqu'à ce que l'obscurité soit tombée et qu'à un moment, il voie approcher notre Opel Kadett blanche immatriculée à Francfort.

Cet été-là, nous avons roulé dans la poussière et la boue, j'ai craché sur les sièges, le plancher, le dos et la nuque de ma mère. La Hongrie, c'était poussièreland. La Hongrie, c'était fournaiseland, moucheland. La Hongrie, c'était tempêteland, orageland. La Hongrie était infranchissable, non carrossable. La Hongrie était fermée. Elle semblait fermée pour nous et pour nous seuls, c'est pour nous seuls qu'on avait ôté tous les panneaux qui auraient pu nous guider, tout était fait pour nous la rendre inaccessible, à nous trois, comme si nous avions besoin de quelque chose qui pourrait modérer l'idée trop haute que nous nous faisions de nous-mêmes, une sanction pour la folle supposition que nous pouvions nous déplacer librement ici, à l'intérieur de ces frontières. Ma mère se perdait et nous conduisait dans des impasses, nos itinéraires s'achevaient sur des routes barrées et des déviations qui ne menaient nulle part. La ville thermale de Keszthely, sur la rive du Balaton, où nous comptions aller rendre visite à des amis, avait été noyée sous des torrents de pluie, personne n'avait pu nous prévenir que nous n'avancerions pas sur les routes parce qu'une puissante tempête, comme il n'y en avait que rarement sur le lac, avait déraciné des arbres, personne n'avait pu nous dire que même le climat hongrois ne voulait pas de nous, qu'il était contre nous.

Ma mère avait entrepris de parcourir, par procuration pour mon père, les localités Bánk sur l'itinéraire Bánk, de chercher les maisons Bánk avec la parentèle Bánk, les visages qu'elle ne connaissait que par les photos qui atterrissaient, de temps en temps, dans une enveloppe à l'intérieur de notre boîte aux lettres. La route des Bánk commençait à Budapest et menait à l'Est, à Gödöllő, Hatvan, à Miskolc et dans les villages somnolents, ensommeillés, le long de la Tisza, ce fleuve paisible qui coulait sans excitation et qui sur certains tronçons était presque immobile. Mais à l'est de la Hongrie, les routes étaient fermées – pour laisser passer les blindés russes qui, venus des Républiques soviétiques, traversaient le pays magyar en direction de Prague, où ils devaient mettre un terme au printemps local. À peu près comme cela s'était produit à Budapest douze ans auparavant. Nous descendions donc de voiture quand notre route s'arrêtait subitement, nous nous retrouvions devant des barrages, nous tenions nos mains comme des visières pare-soleil au-dessus de nos yeux et nous suivions du regard les blindés mugissants qui faisaient tournoyer la poussière au-dessus des champs de maïs.

Mon souvenir est composé de cette chaleur qui floutait l'air, de nausée, de routes coupées, séparées, d'impasses et de trouées abandonnées qui ne menaient nulle part, de demi-tours en marche arrière, de dépliage froufroutant des cartes routières, du haut chignon de ma mère, de ses sandales blanches à talons hauts qui ne se prêtaient guère à la conduite d'une voiture. Elle devait emprunter des chemins ruraux et des pistes d'argile si elle voulait arriver à l'est du pays pour frapper chez sa belle-mère et lui montrer les petits-enfants. Mon souvenir est fait des veaux et des moutons qui entouraient la Kadett comme des badauds et nous meuglaient ou nous bêlaient dessus, qui se blottissaient et se serraient contre la voiture, qui ne voulaient pas la libérer. Des bergers, des paysans et des vachers qui nous expliquaient le chemin sans comprendre ce qui pouvait nous avoir conduits ici, nous, créatures étrangères, aux bouts du bout du monde – des gens de l'Ouest qui parlaient hongrois, dans notre voiture blanche de gens de l'Ouest, avec ses sièges rouges en skaï de l'Ouest ; une jeune femme habillée bien trop à la mode pour les pistes d'argile locales, avec deux gracieux enfants bichonnés et aux yeux étonnés. Mon souvenir est fait du visage de ma grand-mère, encadré par sa chevelure d'argent luisant lorsque, le jour des adieux, elle s'est rendue avec nous jusqu'à Sopron et y a repris le train, pour être auprès de nous jusqu'au dernier moment partageable avant la frontière, jusqu'au dernière instant possible, pour ne pas laisser échapper une seule seconde de notre temps commun.

***

Au cours de ces journées, mon père dort beaucoup au CHU de Höchst, tandis que son cancer grandit sans qu'on entreprenne rien contre lui. Les autres problèmes n'autorisent justement pas à mener des manœuvres contre le cancer, les médecins s'occupent d'autres fragments de ce corps, le cancer grandit donc sans résistances, sans obstacle, sans freins, il dispose d'une invitation à pulluler – désormais il fait partie de lui, cela le constitue : sa prolifération. Il grandit dans le sommeil, jour et nuit il prend ses aises, il se répand et nous le laissons faire, je suis assise au bord du lit, mais je ne fais rien contre lui, je suis devenue lâche, j'ai abandonné. Je peux seulement me rendre compte que ça ne va pas mieux, nous tous, nous pouvons seulement nous rendre compte que ça ne va plus bien. Je dois juste trouver un instant au cours duquel j'aurai le temps et le calme nécessaires pour m'en rendre compte et dire à l'ordre du monde, au destin, au cours naturel des choses, à mon Dieu, quel que soit son domaine de compétence, de dire, donc, tu es plus fort, tu as gagné, tu es l'immuable. Mon père a tout de même recouvré sa raison, elle s'est éclaircie, il en dispose de nouveau et l'utilise pour me demander à de nombreuses reprises s'il a donné son autorisation pour l'opération. Lui a-t-on posé la question ? A-t-il signé ? Cela ressemble à : Pourquoi ne m'avez-vous pas laissé mourir ? Pourquoi ne m'avez-vous pas livré à ma fin ? Pourquoi avez-vous permis que l'on fasse venir cet hélicoptère et qu'on m'allonge sur une table de chirurgie ? À quoi bon tout cela ? Pourquoi me tourmentez-vous pour mes dernières semaines ? Comme si j'avais réduit à néant son projet de mourir cet été sur la terre hongroise, d'abandonner la vie en étant sous l'acacia, au paradis, de la lâcher, de l'achever, de la laisser se perdre, de fermer les yeux et de savoir que c'était fini. Comme si j'avais négligé son vœu, comme si j'avais anéanti son projet avec mon besoin de vie, fou et égoïste. Comme si je n'avais jamais pensé qu'à moi – et jamais à lui.

Une image me revient à propos de ce dimanche matin, lorsque je suis venue prendre mon père pour le conduire à l'hôpital d'Eisenstadt : mon père sur son lit. Pour moi, quelque chose comme un carrefour de l'existence, un moment de vie qui ne vous lâche plus et qui se grave en vous pour tous les temps. Lorsque j'eus décidé, avec ma cousine, que ce n'était plus possible, pas une nuit supplémentaire, pas une journée supplémentaire avec cette fièvre, que les moments assis au jardin d'Éden étaient du passé, qu'on y mettait un terme, que nous décidions maintenant, à cet instant : c'est terminé, nous serons les messagers porteurs de l'atroce nouvelle. Après que, la veille au soir, j'eus quitté le Balaton pour me rendre au village et annoncer à mon père, il n'y a que deux possibilités, ou bien tu pars demain matin avec moi à Eisenstadt, ou bien nous rentrons à Francfort. Mes parents avaient passé la nuit chez ma cousine, moi j'étais restée seule dans la maison d'été, sous l'horloge qui battait et lâchait son ding-dong toutes les heures, le calme perturbé par le bruit d'un moustique et l'aboiement des chiens, je m'étais assise un matin, avec mon café, sous le noyer qui jouait avec les premiers rayons du soleil, avant que je me rende au jardin d'Éden, deux rues plus loin, que j'ouvre le portail, traverse la maison et, lorsque je vis mon père, m'immobilise et attende.

Il était assis, tête basse, au bord du lit, dans cette chambre aux volets fermés où filtrait la faible lumière du matin, cette chambre d'été sombre et silencieuse dans laquelle on pouvait déjà sentir la forte chaleur du jour naissant, et il regardait ses mains. Peut-être devinait-il, savait-il, qu'il abordait son dernier chemin, qu'il devait accomplir les premiers pas sur ce sentier, et que c'est à ce moment-là que je passais le prendre – à ce moment-là, maintenant, à cet instant précis, cela commençait. Il y eut cette minute au cours de laquelle rien ne se produisit, rien ne bougea, où ni lui ni moi ne dîmes quoi que ce soit, où je me contentai d'attendre jusqu'à ce que mon père tourne la tête vers moi, me salue d'un hochement de tête et dise, bien, allons-y, ça va aller, partons, des mots qui sonnaient comme laissons faire, laissons les choses se faire maintenant. Il prit sa canne et traversa la maison qui se réveillait, franchit le vestibule et son sol de terrazzino et rejoignit la porte, traversa la cour en lançant un dernier regard au jardin d'Éden, sortit dans la rue où se tenaient déjà ma mère et ma cousine, qui agitèrent les bras derrière nous au moment où nous partîmes.

Et pourtant nous nous sentions légers et détendus dans cette clinique d'Eisenstadt, légers et joyeux, alors que nous nous trouvions précisément au point de départ de son errance, au *check-in* de son calvaire. Mon père allait mieux, on lui fit une perfusion, on eut vite fait de diagnostiquer une pneumonie dont on sut plus tard qu'elle n'en était pas une. Mais à cet instant, nous y croyions, nous y avions cru aussitôt et nous n'y croyions que de trop bon cœur, il n'y avait pas de raison de ne pas le faire, pas de raison de douter qu'il s'agît d'une pneumonie et de ne pas s'accrocher fermement à cette idée, à cette bonne nouvelle anodine, comme des naufragés à une planche de bois dérivante. Il n'y avait pas de raison de ne pas penser qu'une pneumonie se soigne, que nous pouvons vivre avec une pneumonie, que nous pouvons vivre avec elle tranquillement pendant un bon bout de temps. Combien de fois avons-nous passé la journée dans la salle d'attente, combien de fois sommes-nous allés au café de la clinique, y avons-nous fait rouler les supports de perfusion pour appeler Berlin, en nous passant mutuellement le portable, tout allait bien au cours de ces heures-là, tout semblait faisable et sous contrôle, nous évoluions dans un espace sûr avec des médecins, des infirmières et des perfusions. Mon père discutait et riait comme toujours, nous discutions et nous riions comme toujours, nous avions du temps et il avait une simple pneumonie.

Avant de rentrer au village, le soir, je veillai à trouver pour l'avenir, à la pharmacie de la rue Esterházy, des antipyrétiques qui nous avaient accompagnés au long des journées de fièvre, sur lesquels nous avions soigneusement veillé, ma cousine et moi, que prises de panique nous avions recomptés comme des junkies afin de vérifier s'ils suffiraient pour le lendemain et la nuit suivante. Car il y avait de nouveau un avenir, il fallait donc aussi des médicaments pour cet avenir-là, quelque chose comme un avenir se déployait à nouveau devant nous, peut-être juste un petit, un minuscule avenir, mais pour le moment, au moins, nous paraissions sauvés, pour le moment on nous avait sorti la tête de l'eau, on nous avait recueillis et installés dans une barque qui dansait sur les flots. Au-dessus de moi, le ciel tombait dans un bleu plus sombre que lui et envoyait une pluie légère pour dissiper la chaleur et rabattre la poussière. Je respirai à fond et allai faire un petit tour devant le château Esterházy afin de me débarrasser de l'hôpital, de son odeur, de ses images, de toute cette convulsion qui s'était emparée de l'intérieur de moi-même et de mes veines gonflées par la peur, je m'assis sur la terrasse du restaurant, de l'autre côté, j'appelai à Berlin et au village, où le téléphone sonnait dans le couloir au sol de terrazzino sur lequel mon père avait marché ce matin-là en s'appuyant sur sa canne. Je transmis la fin de l'alerte, ma mission était de faire en sorte que l'on respire à la ronde – c'était une bonne mission, une tâche légère. Nous pouvions tous faire une pause dans le naufrage, il y avait une interruption dans l'écoulement du temps. Nous nous étions ce jour-là un peu éloignés de la mort, nous avions nous-mêmes déroulé un ruban de sécurité devant l'emplacement dangereux et nous avions veillé au respect de la distance, à l'existence d'une sorte de tampon de sécurité, pour l'instant tout était en ordre, tout était réglé. Nous avions seulement besoin d'antipyrétiques pour le proche avenir, et je venais de me les procurer. Les pneumonies sont bénignes. Les pneumonies ne sont rien. Quand on a peur de mourir du cancer, elles sont littéralement un cadeau.

***

Mon père commence à me manquer. Bien qu'il soit là, il commence à me manquer. Parce que beaucoup de choses ne vont plus cette année-là, j'ai déjà commencé à le regretter. Les récits qu'il nous faisait vont disparaître. Nos archives d'histoires, notre bibliothèque familiale : sortir quelque chose de l'étagère, feuilleter, ouvrir à l'endroit souhaité, lire et plonger dans l'histoire. Notre vue supérieure sur les situations : choisir le terme à chercher, appeler, emporter, mettre dans la tête, stocker, conserver. Lorsque je suis auprès de lui à l'hôpital de Höchst, il ne parle pas beaucoup, il ne peut plus beaucoup parler, je m'en charge. Nous posons nos têtes l'une contre l'autre, je lui caresse les joues, la barbe, sa chevelure tendre qui tombe en décrivant cette boucle typique derrière l'oreille, nous nous prenons par les mains. Tant que c'est encore possible, je suis satisfaite. Ce qui me manquera le plus, c'est de discuter avec lui. Combien de fois me suis-je dit, cette année-là, ça, il faut que je lui raconte, ça, je peux le partager avec lui, ça va le faire rire – et l'instant d'après, ça n'ira plus, bientôt, déjà, ça n'ira plus. Ce qui me manquera, c'est toute sa manière d'être, la façon dont il se comporte avec les enfants, dont il est disponible pour eux à tout moment, sans restriction, dont il établit une liaison directe avec eux, sans chichis, ils sont le centre du monde, simplement parce que les enfants sont cela à ses yeux ; le centre du monde, parce que mon frère et moi l'étions aussi pour lui : le centre de son monde, la manière dont il s'occupe d'eux, à présent, jusque dans son lit de malade, bien qu'il en ait à peine la force, dont ils s'assoient auprès de lui, se collent et s'allongent contre lui, espèrent et croient qu'il va bientôt se lever et reprendre sa vie d'antan, son ancienne activité. Ce qui me manquera, c'est de le voir tenter d'établir pour eux une sorte de normalité dans la chambre d'hôpital, d'y convier le quotidien et de leur raconter des choses avec entrain, de continuer à être infatigable et insatiable lorsqu'il s'agit d'entendre, de leurs bouches, leurs petites grandes histoires.

La manière dont il racontait va me manquer. Elle manque d'ores et déjà. Sur la route de la Hongrie, dans le vert no man's land qui sépare Vienne et Sopron, là où la radio reçoit un méli-mélo de stations et mélange les langues, l'allemand, le tchèque, le slovaque, le hongrois, le slovène, dans ce tunnel linguistique que l'on traverse et où, pour quarante-deux minutes de trajet, domine un code linguistique indéchiffrable qui, ici, au plus tard, au plus tard du tard, annonce l'Est, notre père nous a raconté la

Vámpalota – ce qu'on appelait le palais des Douanes, où avait grandi la génération qui l'avait précédé, une maison portant un nom qui respirait la richesse et l'élégance. Sa mère et sa tante avaient grandi dans ce palais des Douanes, des enfants de douaniers, des filles de fonctionnaires, des descendantes de serviteurs de l'État, certainement les seules à suivre des cours de piano et de ballet à Hidasnémeti, ce village de Hongrie orientale où ils avaient passé leur enfance et leur jeunesse, un minuscule poste détaché de l'Autriche-Hongrie, un lieu sans importance derrière lequel commençait l'empire des tsars.

Au cours d'une villégiature, il y a longtemps, mon père avait promis une excursion à sa mère et à sa tante et les avait fait monter dans la voiture après le petit déjeuner, sans dévoiler leur destination. Il cherchait la Vámpalota, il voulait se tenir avec elles devant l'ancien palais des Douanes comme devant une porte donnant sur son propre passé, et les laisser se promener à l'intérieur. Il s'arrêta devant le panneau de la ville, les fit descendre et lut d'une voix forte le mot écrit en noir sur blanc encadré de rouge : Hidasnémeti. Ils trouvèrent rapidement à proximité des rails cette bâtisse qui ne méritait cependant pas le nom de palais, même si ma mère et ma tante l'avaient toujours représentée, l'avaient toujours décorée ainsi : c'était une petite maison oubliée, restée à l'écart des rénovations, avec des vérandas et des piliers qui, s'écaillant et s'effritant, racontaient un passé meilleur et remontant loin dans le temps. Mon père n'avait pu s'empêcher de rire :

Alors c'est ça, votre palais ! Il avait frappé, la porte s'était ouverte et mon père avait expliqué que ces dames avaient grandi ici, et qu'elles auraient aimé faire un tour, était-ce possible ? On les laissa entrer, on apporta de la pálinka, on parla des temps anciens, des formalités douanières, des routes commerciales, de l'époque impériale, de la guerre et du communisme, du manque de matériaux de construction, des cadres de fenêtre, du crépi et des carrelages qui partaient en éclats, il traversa la maison pour se rendre au jardin où elles se remémorèrent tout cela, les voix du père et de la mère, du grand-père et de la grand-mère, la balançoire, le poirier et les jeux auxquels on s'adonnait à son ombre.

Ma grand-mère avait épousé un employé des chemins de fer, elle avait quitté le palais des Douanes et passé le reste de sa vie dans des gares. Ils changeaient souvent de lieu et s'installaient à chaque fois dans l'appartement de fonction du chef de gare. Quand il mourut, elle en conserva l'usufruit à vie. Mon père était un enfant de la gare, un enfant des départs et des arrivées, des signaux et des coups de sifflet, les trains et les wagons étaient ses compagnons de jeu et de promenade. Ses premières années s'enroulaient autour de ces lieux, elles étaient construites autour des rails, tissées autour d'eux, impensables sans eux. Il n'était jamais compliqué de trouver le chemin de sa maison, et il n'était jamais compliqué de la quitter. Le chef de bord et le contrôleur attendaient que les fils Bánk sortent en trombe par la porte, le matin, et sautent dans le train pour se rendre au lycée des Trappistes à Miskolc. Quand ils revenaient, l'après-midi, il leur suffisait de monter quelques marches et ils étaient chez eux. Mon père aimait les gares. Il aimait les trains, les trains de marchandises, les trains de voyageurs, les locomotives, les wagons de toutes les couleurs et de toutes les formes. Son amour était infini. Quand il prononçait le mot hongrois pour « train », *vonat,* celui pour « gare », *állomás,* il y avait toujours ce son, cette mélodie, cette note d'amour dissimulée, mais pensée en même temps que le mot. Jamais il n'avait été perturbé par le bruit des trains qui s'annonçaient, qui entraient en gare, qui freinaient, qui couinaient, lâchaient de la vapeur, mugissaient et repartaient bruyamment à travers la nuit. Ce bruit-là l'entourait comme d'autres le silence des forêts.

Est-ce que cela imprime une quelconque torsion à l'esprit, de grandir ainsi, de vivre ainsi ? Est-ce que cela assure un certain type de mobilité, de rapidité, d'élan, que je pouvais encore déceler chez mon vieux père ? Il n'avait jamais peur de partir et d'être en mouvement, cela lui faisait plaisir de collectionner les pays, les langues, les paysages, les visages. Une proposition de départ ou de voyage faite par des amis ou des parents lui suffisait pour sortir sa valise de l'armoire et commencer à la préparer. Ce temps de l'immobilité l'atteint rudement, il le pousse à ses limites.

Mon père nous racontait beaucoup d'histoires de gares, dont nous n'avions jamais assez quand nous étions enfants. Entre autres celle de mon oncle, que mon grand-père avait attrapé une fois, par hasard, alors qu'il venait de quitter la salle de classe en passant par la fenêtre. Il l'avait pris par le col et l'avait aussitôt déposé chez le directeur. À quinze ans, mon oncle voulait arrêter l'école au début de l'été. Mon grand-père donna rapidement son assentiment et lui procura du travail dans l'enceinte de la gare au cours des vacances imminentes. Mon oncle passa tout l'été à sarcler la mauvaise herbe entre les rails, pendant tout cet été brûlant, poussiéreux, au soleil débordant, il descendait l'escalier dès qu'il s'était levé et commençait à arracher les herbes entre les rails et sous les traverses de bois revêches. Tandis que les autres vaquaient aux plaisirs des vacances, lui se penchait au-dessus des chardons, du pissenlit et du chénopode avant de les jeter dans un seau. Il tomba malade, il se retrouva dans un état lamentable, allongé dans une chambre obscurcie par des volets fermés. Il annonça bientôt qu'il préférait continuer à fréquenter le collège : si c'est ça, le travail, mieux vaut continuer les études.

Il y avait dans le souvenir de mon père d'innombrables images de gares, des instantanés, ceux qu'on racontait, qu'on décrivait précisément, et ceux qu'on ne racontait pas, qui ne nous étaient pas destinés. Des images fugaces et d'autres qui s'étaient gravées au feu, qu'il avait emportées dans sa vie ultérieure et qui ne se dissolvaient jamais : le visage de son père, à la fenêtre de l'étage supérieur, à côté des rideaux tirés sur le côté, lorsque ses fils adultes, pendant les troubles de l'insurrection de l'automne 1956, agitèrent une dernière fois la main dans sa direction, se retournèrent et sautèrent dans le train en direction de l'Ouest. Ce regard-là, mon père fut incapable de l'oublier, il s'endormit encore longtemps avec lui, il rêva de lui et se réveilla avec lui. Il avait pu lire ce message sur le visage de son père : je ne reviendrai pas, nous ne nous reverrons plus, je ne le sais pas encore, mais mon père le sait, il le prévoit. Moi, sans doute, je crois que cette séparation ne durera que deux ou trois mois, mais mon père en sait plus, mon père a une autre perspective. C'était aussi une agonie, une agonie brève, rapide, gigantesque. Ils ne se sont plus jamais revus après ce dernier signe de la main. Quand mon grand-père est mort, quelques années plus tard, ses fils ne pouvaient pas encore rentrer en Hongrie.

Dans les années 1980, quand rien ne permettait encore de pressentir la chute du bloc de l'Est, quand le monde partagé semblait installé et consolidé pour tous les temps, une amie s'est rendue dans le pays avec mon père, derrière Budapest, dans cette partie sombre et oubliée, à l'est, dans le lointain Vámpalotaland. Elle me raconte cela au dîner, dans un bistrot de Francfort, et elle réveille quelque chose dans mon souvenir, elle décrit son voyage au Vámpalotaland aussi distinctement que si elle posait une photo entre nos assiettes et nos verres. Elle n'oubliera jamais, dit-elle, leur parcours par les champs et les pistes caillouteuses, dans la glaise, la boue et les bouses de vache ; à travers un labyrinthe sans panneaux indicateurs ni éclairage public, dans l'arrière-pays de la Theiss, afin de rendre visite à ma grand-mère dans sa gare. Et mon amie raconte qu'à l'époque, elle s'étonnait de ce qui se dissimulait non loin de la dernière bouse de vache, à la lisière de ce néant, derrière le portail de la gare, à son étage supérieur : des sols en parquet, des bibliothèques, un piano, une chaise longue, de la porcelaine fine dans une vitrine, autant de caractéristiques de la vie bourgeoise qu'on avait conservées et qui étaient toujours là. Et là-dedans, une femme aux cheveux blancs qui ouvrit les bras et leur souhaita la bienvenue en allemand. Plus de trente ans plus tard, elle se rappelle même les meubles et les tissus, elle me décrit le motif à fleurs, pourpre et rosé, sur la housse de la chaise longue, et je dis, tu ne vas pas le croire mais elle est toujours là, aujourd'hui, dans la villégiature de mes parents, j'y ai encore dormi récemment.

***

J'ai eu une conversation avec Dieu. Oui, je parle beaucoup avec Dieu cet été-là, peut-être trop. Il est possible qu'il n'ait pas de temps pour moi, il connaît certainement des détresses plus urgentes, des prières plus pressantes, mais je dois tout de même lui parler, poser une question, me présenter devant lui avec un souhait, pour qu'il m'envoie promener ou me fasse lanterner. Ou bien qu'il éclaire ma lanterne, ça aussi, ça existe, ça aussi, ça arrive. Dès le début de l'année, nous avions discuté, enfin, moi, j'avais parlé, Dieu n'avait fait qu'écouter, avec sa grande oreille qui captait chaque note, chaque nuance, chaque tonalité, et avec laquelle il devrait aussi recevoir ma voix, même si je ne m'exprime pas fort, même si ça ne parle que dans ma tête et que cela reste donc inaudible pour les autres, il devrait quand même pouvoir l'entendre. En janvier, au service d'oncologie de la clinique Höchst, service 7L, au cœur de cette agonie indigne dans un hôpital, avec une infirmière pressée et désagréable qui nous faisait comprendre, par chacun de ses gestes, chacun de ses regards, qu'elle n'était en aucun cas disponible pour une conversation, avec un patient qui, dans le couloir, râlait, toussait, se lamentait et se tortillait, mais pour le lit duquel on n'avait manifestement pas de meilleure place. J'avais descendu ce corridor, je m'étais placée devant la grande fenêtre, j'avais regardé en direction du ciel de Höchst, depuis mon poste avancé du désespoir, la place de quémandeuse qui m'avait été attribuée, et j'avais parlé avec Dieu. Non plus avec un médecin, mais avec Dieu. Avec les médecins, j'avais suffisamment parlé. C'était peu avant que je dise à mes enfants, ne paniquez pas, s'il vous plaît, mais le cancer de grand-père est revenu. Et qu'ils aient effectivement réussi à ne pas paniquer, qu'ils se soient contentés de pleurer et de taper du poing dans leur oreiller. Devant cette fenêtre de clinique à Höchst, je voulais me débarrasser de ma demande, envoyer ma requête au ciel, ne pas la laisser s'achever ici. Cher Dieu, disait le chuchotement en moi, pas ici, s'il te plaît. Juste ça, pas un grand souhait, rien de totalement démesuré, présomptueux, outrancier, complètement fou, non, juste ceci : pas ici, s'il te plaît.

C'était peu après le diagnostic. Qui était presque superflu. Que ses os ne le portaient plus, nous le voyions nous-mêmes. Chaque pas était un dépassement, une dépense, un faisceau de volonté pure et rétive, mais d'où la force était absente. Et pourtant on veut l'entendre, il faut qu'on l'entende, il faut que ce soit dit par un médecin, pour que ça devienne vrai, pour que ce soit crédible, bien qu'on ne veuille pas du tout que ce soit vrai ou crédible, bien qu'on veuille tout sauf cela. C'était peu après que la douleur avait fait son retour et avait commencé sa migration, chaque jour vers un nouvel emplacement, du haut vers le bas et inversement, dans le désordre le plus complet, dans tous les sens, arbitrairement, la cheville, le genou, le coude, les épaules, les mains. C'est pour éviter qu'on s'ennuie, m'avait dit mon père en riant, et j'avais relevé cette phrase idiote que j'avais attrapée un jour au vol, quand le cancer fait déjà mal, il est trop tard. J'avais transporté mon père de médecin en médecin, garé la voiture près de l'entrée, et il avait parcouru à pied les quelques pas entre les deux, en s'appuyant sur sa canne. Même l'attente commune avait été riche, cette attente accaparante, pendant des heures, avant qu'on ne nous appelle. L'exploitation, et pour finir les photos de la scintigraphie ; un squelette blanc, affecté de taches noires que nous regardâmes fixement et qui nous imposèrent le silence. Et puis ces trajectoires absurdes dans ma tête, si ça se trouve ce n'est qu'un rhumatisme. Ou quelque chose d'autre, qui n'a rien à voir.

C'était peu après le mot « incurable ». Un grand mot dont il nous fallait d'abord nous approcher, dont nous devions d'abord saisir la signification. Nous devions réfléchir à ce qu'il signifie, d'une manière générale, et à ce qu'il signifierait pour nous en particulier, comment il se répartirait sur nos jours et nos mois, les recouvrirait et les envelopperait, les retournerait et les renverserait, comment il se déplacerait et se propagerait au-dessus de nos têtes, comment il nous attaquerait, nous investirait et nous paralyserait. Nous devions commencer par trouver son sens ou son non-sens derrière les lettres, sa signification véritable, ce qu'il y avait en lui de rusé et d'inéluctable – qu'il signifie : incurable, qu'il signifie : sans perspective, qu'il signifie : sans avenir, qu'il signifie : sans lendemain, qu'il signifie : ça ne s'améliore pas, ça n'ira plus jamais bien. La doctoresse l'avait posé sur la table à notre intention, non, elle l'avait jeté avec énergie, sans fil d'émotion, sans même un fil ténu, à peine perceptible, de compassion, elle l'avait jeté devant nous, pour nous. Et elle nous avait ensuite consacré environ six minutes. Peut-être seulement cinq. Après deux semaines d'investigations coûteuses et d'angoisses montantes qui s'étaient transformées en certitude, elle n'avait eu pour nous que ces quelques minutes. Elle n'avait pas dit grand-chose, juste une phrase brève, quoique grammaticalement correcte, à propos de la tumeur, avec sujet, verbe et adverbe déterminant, pas plus de quatre mots : « Elle est comme ça. » Puis son téléphone avait sonné, elle avait fini sa pomme et nous avait lancé un regard qui voulait dire : qu'est-ce qu'il y a, encore ?

Mon père avait voulu avoir un cadre temporel, il avait voulu savoir combien de temps il lui resterait. Entre deux mois et deux ans, avait-elle dit, et on reprend la chimio tout de suite. J'avais demandé, comment se fait-il que le cancer revienne maintenant, mon père s'est présenté à tous les examens de contrôle, comment est-ce possible ? Comme si j'avais pu marchander, comme si j'avais pu lui faire comprendre que, dans son cas, il s'agissait forcément d'une erreur, de quelque chose qui avait été interprété de travers, d'une confusion, de quelque chose qui n'avait simplement pas été pensé. Comme si je pouvais, ici, devant ce bureau, négocier du temps de vie, comme s'il avait justement quelque chose comme du temps de vie à sa disposition, comme si je pouvais le gagner, ce temps, maintenant, au cours de ces minutes qui s'envolaient. « Ellécossa », avait répété la doctoresse en condensant trois mots en un, elle ne nous avait même pas laissé le « m », elle n'avait même pas pris le temps du « m » entre « comme » et « ça », comme s'il s'agissait d'une lettre superflue, comme si la peine qu'elle aurait pu se donner pour nous n'était qu'un poids, comme si nous ne faisions que lui voler son temps, comme si elle avait préféré lui dire, mon Dieu, vous mourez, c'est comme ça, nous mourons tous, n'en faites pas toute une histoire !

Un peu plus tard, à cette grande fenêtre du septième étage, Dieu ne m'avait adressé aucun signe. Il n'y avait rien qui se fût déplacé dans le ciel, ou qui en fût tombé pour moi, qui eût descendu en planant vers cette grande fenêtre d'hôpital pour me dire, pour me montrer quelque chose. Je ne pouvais rien trouver que Dieu eût accroché ou disposé pour moi, un rayon de lumière, une goutte de pluie, un nuage, ses contours qui se transforment soudainement, s'estompent ou, peut-être, se précisent, une promesse quelconque, ridiculement minuscule dans ce couloir d'hôpital, dans ce couloir entre les mondes, entre ici et là-bas, entre vie et mort. Malgré tout je m'étais fiée à lui. Simplement sur la base d'une vieille sensation : je peux le faire. Il était possible que ça marche. À présent, six mois plus tard, je suis de nouveau ici et je pressens que ça va s'arrêter ici. Dieu veut tout de même le faire terminer ici, il est possible qu'il ne m'ait pas écoutée du tout.

***

Encore un jour d'une chaleur démente où les feuilles se dessèchent sur les arbres et où l'herbe blanchit, tout veut mourir, tout va vers sa fin. Je roule en direction de l'ouest et je tourne pour emprunter l'une de ces petites rues de banlieue aux murs blancs, toits rouges, clôtures basses et jardins, je dois régler la suite avec le médecin de famille de mes parents, la manière dont les choses peuvent suivre leur cours, l'aide dont nous disposerons dès que mon père pourra rentrer chez lui. Assise dans la salle de consultation, je respire par le ventre, je tente de penser à un lac tranquille, sans vagues, à un lac sans mouvement, à son bleu, à son ampleur. La chaleur de midi s'écoule par la fenêtre ouverte, l'été continue à pousser, il veut encore grandir, s'y mêlent les bruits des faubourgs, quelques voitures qui passent devant nous, des laisses de chiens qui cliquettent et les ordres que les propriétaires des animaux lancent à voix basse entre leurs dents.

Je joins les mains et je raconte les dernières semaines, la Hongrie, l'Autriche, Höchst. C'est le premier médecin à qui je ne sois pas pesante, qui ne veuille pas se débarrasser de moi, m'envoyer voir ailleurs, me débarquer, qui devine manifestement à quel point je me contiens et à quel point je lutte, combien j'économise mes forces qui, pourtant, déclinent de jour en jour, le seul à voir combien il m'est difficile de parler avec lui, parce que je dois trouver et lancer ma voix pour chaque mot, pour chaque pensée, la réaménager et la réétalonner pour chaque phrase. Lui qui a certainement déjà vécu tout cela cent fois, mille fois ou plus, ici, à d'autres moments de la journée, à d'autres saisons, avec d'autres personnes, d'autres regards et d'autres voix, sans s'être usé ou émoussé pour autant. Il prend note de tout, lève les yeux et dit, j'admire votre père, la manière dont il se débrouille avec sa maladie, dont il vit avec elle, dont il se montre joyeux et inébranlable, dont il veut absolument faire usage et tirer profit du temps qui lui reste, et je me rappelle aussitôt l'une de ces petites boules de bonheur dont mon père remplissait sa vie, avec lesquelles il la construisait – je me rappelle que quelques semaines plus tôt, dans son jardin, entre le buisson de noisetiers et le pommier, il avait pendant un moment fermé les yeux et tourné son visage vers le soleil.

Le médecin de famille appelle le CHU de Höchst, il demande ce qu'ils prévoient, quand mon père va pouvoir sortir, et il m'ôte la peur d'être seule, à chaque phrase qu'il prononce il me prend un peu de mon angoisse et me donne le sentiment qu'il nous reste encore un peu de temps pour régler les choses, que nous ne sommes pas seuls, on s'occupe de tout, il y a à l'hôpital un service social qui va s'occuper de tout, puis un service d'assistance à domicile, nous n'aurons pas à tout porter sur nos épaules. Ce que nous allons devoir épauler seuls est suffisant. Le reste, d'autres s'en chargeront. Avant que je m'en aille, il me demande à quand remonte la dernière fois que j'ai lu un poème d'Annette von Droste-Hülshoff. Il connaît mon tout dernier roman, de là la mention de Droste. Ça remonte à loin, dis-je. Très loin.

***

Cela paraît-il démesuré, présomptueux, insolent ou simplement mensonger si je dis que je n'ai manqué de rien dans notre relation père-fille ? Vaut-il mieux ne pas avoir eu pareille liaison, pareille proximité ? N'est-ce pas plus facile dans ce cas-là ? S'il est déjà terrible de perdre un mauvais père, à quel point devait-il être cruel de voir disparaître un bon père ? demanda mon cousin au téléphone l'un de ces matins-là, car cela aussi fait partie désormais de mon quotidien, le fait de donner des informations et de faire patienter les proches parents qui se répartissent alternativement entre nous trois, mon frère, ma mère et moi. Avant que le téléphone sonne et ne lance mon activité, avant que je voie les noms hongrois sur l'écran, Kati, Joco, Ildikó, Isti, je travaille déjà les phrases du jour en hongrois, je me les récite à moi-même en préparant le café, j'y réfléchis en me brossant les dents et les cheveux. C'est une langue dont je ne dispose pas immédiatement, dans laquelle, d'une manière générale, je ne dispose pas de grand-chose et où je n'avance que lentement, à tâtons, en trébuchant, jusqu'à ce que, laborieusement, contre toutes les résistances, contre tous les obstacles de la grammaire et de l'élocution, je les pense et les recompose en allant chercher dans mon gros dictionnaire Pons les mots du jour qui se lève : confusion, état, anesthésie, niveau de soins, aide médicale, sortie. « Nous espérons » – *reméljük* – est l'expression qui clôt la plupart du temps ces appels téléphoniques. Chaque fois, *reméljük* est à la fin de nos boucles de propositions, le point final à l'extrémité de notre phrase, le point d'exclamation au terme de nos réflexions. Pour le *reméljük*, je n'ai jamais besoin de compulser le dictionnaire, je n'ai pas besoin de chercher, c'est notre vocable récurrent, celui que nous nous lançons les uns aux autres, notre parole d'invocation quotidienne – nous espérons, gardons l'espoir, espérons.

À présent, mon père se trouve au service de gérontologie – oui, dis donc ça en vitesse en hongrois, mets-le tout de suite sous le coude en hongrois – et l'objectif suivant, celui qu'on peut embrasser d'un regard, l'objectif évident, à portée de main, c'est : trouver des forces, prendre du poids, redevenir mobile, c'est-à-dire manger, s'asseoir, manger encore quelque chose, marcher un petit peu, ne pas rester toujours allongé. La discipline de mon père y contribue, personne n'a besoin de le contraindre, de le presser ou de lui faire la leçon, il se lève de son propre chef, prend sa nouvelle canne et descend le couloir de son pas faible et lent, entre les chariots à plateaux, les sièges des visiteurs et les lits poussés sur le côté et couverts de papier plastique dont personne n'a l'usage pour le moment. Il partage la chambre avec deux hommes, un à sa droite, un à sa gauche. Le premier ne reçoit pas une seule visite au cours de ces journées, les filles de l'autre passent faire un saut le week-end, mais uniquement pour se disputer. Au chevet de mon père, en revanche, il y a toujours quelqu'un, même à présent, où il manque de force pour parler. Il y a toujours l'un d'entre nous près de lui. Nous n'avons encore aucune espèce de plan, aucune idée de ce que serait la vie si l'on pouvait aussi retirer ce peu de chose, cette chose ultime, comment la vie sans mon père serait possible, comment cela pourrait se poursuivre sans mon père, à quoi cela pourrait ressembler, si même ce serait encore une vie pour ma mère, la vie sans lui.

Elle vient chaque jour. Elle descend du bus et traverse la gare de Höchst, dans la chaleur chatoyante de cet été qui ne veut pas décliner et qui se dépose chaque matin sur la ville, dans tous ses angles, dans tous ses sillons, elle passe devant nos anciennes écoles, descend la rue de l'Hôpital, elle a dans son sac des pommes, des oranges, de petits jus de fruits et du chocolat bien emballé qui commence tout de même à fondre sur le chemin. Moi, je viens aussi souvent que je le peux. Il me suffit de m'asseoir et d'attendre que mon père mobilise ses réserves et me parle, qu'il rassemble un peu du reste de ses forces pour construire deux phrases et les prononcer à mon intention. Il me suffit de voir qu'il vit, qu'il vit encore. Qu'il respire, qu'il respire encore. Qu'il nous regarde, qu'il nous regarde encore. Chaque fois que c'est possible, j'emmène les enfants, ils s'assoient, s'allongent auprès de leur grand-père, l'embrassent et le serrent, lui caressent les joues, la barbe, blottissent leurs têtes contre ses épaules, à droite et à gauche, observent les câbles et les flacons, les inscriptions et les piluliers, les tuyaux et les perfusions, jouent avec les boutons, appuient sur les flèches, font monter et descendre le lit, sans arrêt, la tête du lit, les pieds, ils entourent mon père de bruit et de mouvement, de leurs voix immuablement joyeuses et claires, ils apportent l'essentiel, le bruit naturel de la vie.

J'aimerais pouvoir manier plus facilement l'agonie, la rupture de la vie. D'autres y parviennent bien, non ? Et cela se produit constamment, partout dans le monde. Dans chaque coin de chaque ville, chaque village, chaque route, derrière chaque clôture, chaque porte, chaque fenêtre. Cela arrive à chacun, chacun meurt et chacun perd un jour ses parents. Ça n'a rien de particulier et ça arrive à tous. Nous venons au monde, nous mourons, nous perdons quelqu'un emporté par la mort, et un jour quelqu'un nous perd, emporté par la mort. Pourquoi est-ce que j'en fais quelque chose d'exceptionnel ? Comme si ça n'arrivait qu'à moi ? Quand des parents enterrent leurs enfants, c'est hors du commun, ça, oui, mais pas l'inverse. Ce n'est que le cours des choses, pas plus que leur cours, leur nécessité biologique, notre obligation vitale. C'est ce dont je tente de me convaincre, j'essaie d'y parvenir dans cette période agitée de tremblements inquiets.

Parce que cette histoire ne peut être racontée que comme cela, avec la même succession, le même déroulement, nous ne pouvons pas intervertir les chapitres, nous ne pouvons pas les écrire autrement, les lire dans l'ordre de notre choix, cette action, cette trame, la chronologie et la fin sont données à l'avance. Et pourtant, quand cette histoire nous choisit, quand elle nous trouve, quand elle fait de nous ses protagonistes, nous ne sommes pas préparés, nous ne savons rien et nous ne pouvons recourir à rien. Ça ne compte pas, que d'autres aient vécu ça avant nous et que nous y ayons participé. Ce qui compte, c'est que nous le vivions. Nous seuls le vivons ainsi, nous seuls le vivons à notre manière.

***

Nous voulons être reconnaissants, c'est ce que nous nous sommes dit au cours de ces mois qui remontent loin, nous sommes allés chercher cette phrase dans un coin de notre mémoire, nous l'avons nouée pour en faire une profession de foi et nous l'avons posée sur nos langues, sur nos lèvres, reconnaissants pour quatre-vingt-cinq ans de vie, de vie riche. Sans catastrophes, sans maladie qui vous broie, vous flagelle et vous épuise au fil des ans. Mon père avait livré cela comme un slogan, le slogan de la reconnaissance, il nous précédait en nous donnant le bon exemple, et pourtant cela resta comme un ordre que nul ne voulait réellement exécuter, auquel chacun se refusait par une dernière fibre obstinée, comme si nous exigions trop de nous-mêmes. Après tout, nous remplissons notre vie, nous la composons, nous l'emballons à ras bord, nous nous installons dans ce monde au prix de la plus grande dépense, nous nous charpentons une vie humaine en puisant dans toutes sortes de strates et avec des accessoires considérables – puis, un jour, nous devons la céder, ça doit prendre fin, et nous sommes censés accepter ça simplement ? Si nous voyons les choses comme cela, y a-t-il rien de plus bête, de plus absurde que la mort ? On a plutôt envie de demander, Dieu, pourquoi nous as-tu seulement causé cette mort ? Je sens donc de la résistance en moi, un reste de mauvaise volonté, d'incompréhension et de dépit, qui monte tout de même en moi et demande : pourquoi ? Pourquoi maintenant ? Pourquoi déjà maintenant ?

Je me suis aussi exercée au non-pleur, j'ai appris à ne pas pleurer. Pas trop. À ne pas simplement laisser couler mes larmes à la table de mes parents, sur leur canapé, à l'hôpital, lors des discussions avec les infirmiers et les médecins, non, à me maîtriser, à garder la face, à conserver tout cela à peu près sous contrôle, à ne pas trop en livrer – ce à quoi je suis mieux parvenue qu'à être reconnaissante. J'avais interdit à ma mère de pleurer, mais oui, une interdiction en bonne et due forme. Le jour où nous étions revenus de la clinique avec le fauteuil roulant, et où elle s'était mise à pleurer dès qu'elle avait ouvert la porte, je le lui avais interdit. Mon père ne devait pas avoir à se dire : qu'est-ce que je suis en train de faire, pourquoi est-ce que je fais pleurer ma femme, mon enfant, pourquoi pleurent-elles à cause de moi ? En cachette, oui, avais-je dit, en cachette c'est autorisé, en cachette tu peux faire tout ce que tu veux, quand il n'y a personne, quand personne ne te voit, dans la forêt, derrière la forêt, derrière les derniers jardins sur le chemin, à travers champs, tu as le droit de pleurer. Elle s'y est tenue. Elle n'a plus pleuré devant mon père.

Et mon père, lui, pleurait vers l'intérieur. Les hommes de sa génération pleuraient tous vers l'intérieur, les hommes hongrois de sa génération ne pleuraient que comme ça. Les femmes pleuraient vers l'extérieur, les pleurs étaient réservés aux femmes, les pleurs étaient faits pour elles, ils appartenaient aux femmes, pas aux hommes. Nous n'avons jamais vu pleurer mon père. Pas quand son frère est mort, ni son père, ni sa mère. Lorsqu'elle a été enterrée et que nous sommes sortis dans le Vámpalotaland, sur la neige et la glace, pour rejoindre le cimetière, il nous a demandé de le laisser seul quelques minutes. Nous avons marché à l'avant, lui est resté dans la voiture. Quand j'ai regardé derrière moi, il avait baissé les yeux et pétrissait ses mains froides. Je ne crois pas qu'il ait utilisé ce moment pour pleurer. Mais au cours de ces six derniers mois, mon père a pleuré vers l'extérieur. Il a récupéré quelque chose dont il avait dû se séparer quand il était jeune homme, peut-être même déjà quand il était adolescent, quand il était enfant. Il a la peau fine, depuis ces derniers mois, il est vulnérable, sans protection, sans défense. Il a pleuré pendant un concert de mon neveu. Pendant que mon neveu jouait de la trompette, il a essuyé les larmes sur son visage et il y avait là-dedans quelque chose que je ne pouvais ni appréhender ni expliquer lorsque je l'ai regardé de côté, peut-être pas seulement la grandeur de l'instant, mais toute la grandeur de la vie et sa peur, son tourment à l'idée de devoir la rendre. Un jour, dans le petit coin d'attente du service oncologique de jour, il a pleuré, à la table ronde située derrière l'étagère de livres, entre ma mère et moi. Quand il nous a raconté que dans la salle de traitement, pendant la chimiothérapie, un jeune homme a fait une attaque à côté de lui et que la salle s'est transformée en bloc d'urgence en l'espace de quelques secondes. La maladie et la mort avaient explosé, elles avaient accédé au visible. Cela avait causé à mon père une gigantesque terreur.

***

Mon père a du courage. J'ai perdu le mien. Mes forces s'étiolent, je dois les chercher chaque jour, les dénicher, les charger, les enflammer. J'ai la nausée, la migraine, je n'ai plus ni faim ni soif, je suis sans sommeil ni élan alors que je suis animée par une pulsion constante. Ma fille dit, tu es devenue si fragile. Le deuil a déjà commencé, le pré-deuil, le deuil avant le deuil. Chaque matin le CHU de Höchst, sans arrêt ce CHU de Höchst. Combien de fois ai-je marché dans l'enceinte de cet hôpital ? Avec cette folle mixture d'angoisse et d'espoir, de malaise et de joie ? En dépassant l'aire d'atterrissage des hélicoptères, les créatures perdues qui fument devant le service psychiatrique, dans une sorte de vallée intermédiaire, une rampe de chargement entre le monde et le monde parallèle. Entre la salle de travail et la chambre mortuaire – c'est là que nous vivons, là que nous sommes, là que se déploie notre vie, là qu'elle s'étale avec toutes ses nécessités, là qu'elle a son d'ici-à-là. Et quelque chose de cette vie, quelque chose de son dernier tronçon doit se dérouler dans cet hôpital, je le reconnais déjà, oui, maintenant, je le reconnais et je le conçois.

Dans combien de services suis-je allée avec mon père ? Je l'ai accompagné dans chacun d'entre eux, je lui ai rendu visite partout, je connais les étages, je sais ce qui se dissimule derrière les portes, vers quoi se dirigent les gens qui s'y trouvent et comment les autres ont peur pour eux. Nous avons partagé l'attente, la longue attente. À l'hôpital, on passe quand même la majeure partie du temps à attendre, avec ce sentiment d'inquiétude dû au fait qu'on ne sait jamais ce qui est le pire, l'attente ou la fin de l'attente. Dans les couloirs, avant la prise de sang, avant qu'on vous remette les radios, les résultats de l'IRM, jusqu'à la visite, devant les chambres et les bureaux des médecins, avant qu'ils n'arrivent, ferment la porte derrière eux et fassent les quelques pas qui les séparent de leur siège. Et dans la salle d'attente du service de cancérologie, naturellement : là, nous avons laissé beaucoup de temps de vie.

Le CHU de Höchst – que je hais désormais, que j'ai appris à haïr. Ce que je hais le plus violemment, ce sont les ascenseurs qui ne sont jamais à disposition, qu'on est toujours forcé d'attendre, d'attendre pendant une durée exagérément longue, tandis qu'on regarde fixement le panneau aux chiffres lumineux, trois petits ascenseurs à la taille ridiculement réduite, tremblants, tressautants, comme s'ils avaient peur de porter, fatigués par l'âge, avec leurs dernières forces, les patients vers le haut et vers le bas, de les recracher et de les distribuer, un étage après l'autre. Encore une fois le visage méchant d'une infirmière, encore une fois la contrariété à l'idée de m'écouter et de vérifier où se trouve mon père, encore une fois ce déplaisir à me donner un renseignement, à nous consacrer deux secondes supplémentaires, à répéter à mon intention quelque chose que je n'aurais pas saisi et compris aussitôt – et je deviens folle, j'arrache les câbles des murs, je fais tomber les plateaux du chariot à coups de pied, je fonce sur les infirmiers, je gifle les médecins, je crie, je hurle. Mais non, rien de cela ne se produira, je me retiens, je me conforme, bien entendu je me conforme, tant que ma raison évolue encore de manière à peu près fiable sur une trajectoire ordonnée, tant qu'elle accepte encore de se laisser mettre en marche le matin et de travailler dans mon sens, je me conforme. Tant qu'on peut encore tirer de moi une réserve de force, sous ma peau, dans mes vaisseaux sanguins, où que ce soit, je continuerai à me conformer. Tant que nous sommes un petit rouage insignifiant et subalterne dans ce mécanisme de clinique, nous roulons et nous bourdonnons en même temps que lui. Ne serait-ce que parce que mon père, qui est d'une modestie littéralement absurde, a trop souvent, ces derniers temps, lorsque quelque chose allait de travers, posé sa main sur mon bras et chuchoté, mais ne dis rien, ne va pas dire quelque chose maintenant. Le plus souvent, je m'y suis tenue. Tant qu'ils s'occupent de mon père, tant qu'ils sont responsables de lui, je me tais – j'achète de la bière de malt au supermarché et je lui coupe des fruits en salade à la maison, pomme, poire, melon, raisins noirs, je prépare le sac de l'hôpital, je roule sur l'autoroute, je gare la voiture au parking, je traverse la rue, je prends l'ascenseur qui monte au service et comme chaque matin j'espère trouver son regard clair, un mot, deux mots, une phrase qu'il me réserve, une petite étincelle d'énergie dont il se sert pour construire une phrase à mon intention et la prononcer. Aujourd'hui, au moment de lui dire au revoir, je lui annonce, je ne viendrai pas demain, je suis au studio son, j'enregistre un audiolivre, dehors il fait plus de trente degrés et les forêts se désagrègent, mais je lis une histoire de Noël, l'avent avec neige et glace, et mon père rit et dit : bien, pas plus que ça, bien, mais il met tant de choses dans cet unique mot. Il me dit ainsi, c'est bien, ce que tu fais, c'est bien, la manière dont tu le fais, c'est bien que je sache à quoi tu es occupée, bien que tu me le racontes.

***

Une amie traverse ces semaines-là la même souffrance avec son père, les mêmes peurs, les mêmes espoirs, les mêmes encouragements, elle accompagne la succession de douleurs et d'effondrements, d'hôpital, d'attente de la mort, de certitude de la mort et de service des soins palliatifs. Son père est allongé derrière une vitre, elle se tient devant avec ses filles, elles ne peuvent pas le rejoindre, elle soulève le dernier petit-fils en date pour qu'il puisse le voir. C'est la joie de sa journée, quelque chose se produit à cet instant sur le visage de son père, et elle peut le lire. Elle m'a souvent appelée depuis sa voiture quand elle allait à la clinique, nous avons pleuré et nous nous sommes plaintes de nos sempiternelles migraines. Elle a dit, c'est parce que nous pleurons tout le temps. Ces pleurs, sans arrêt – c'est de là que ça vient.

***

Son visage heureux me manquera. Brûlé par le soleil, creusé de rides de rire. À l'autre bout du monde où il avait voyagé des années plus tôt avec mon frère et moi. Quand il s'était trouvé à Airlie Beach, ses chaussures dans les mains, sur un flotteur de l'hydravion dans lequel nous comptions décoller d'un instant à l'autre au-dessus du récif, et qu'il regardait au loin, vers la mer. Cet instant-là au cours duquel il se tourna vers nous tandis que mon frère appuyait sur le déclencheur et réalisait cette photo. Si mon père avait un talent, c'est certainement celui-là : le bonheur. Éprouver du bonheur. Rayonner de bonheur. Le bonheur, on pouvait l'apprendre auprès de lui, pour ce qui concernait le bonheur, le bonheur simple, sans dépenses, sans tralala, on pouvait aller à son école. À Bali, c'était la saison des pluies, chaque soir nous pataugions, bas de pantalon relevés, à travers de gigantesques flaques qui nous montaient jusqu'aux cuisses, pour rejoindre un réduit en planches où un ventilateur chantait une chanson lunatique, où l'on faisait griller pour nous du poisson tout juste pêché tandis que nous plongions nos nez dans des livres, mon père dans *L'Hôtel New Hampshire*, il venait tout juste de commencer à aimer Iowa Bob et le chien Sorrow. Du poisson, un livre et le ressac - avait-on besoin d'autre chose ?

Ce ne sont pourtant pas les jours ou les moments rares et particuliers qui me manquent. Ce qui me manque, c'est la vie quotidienne avec mon père, les choses que nous partagions tous les jours, téléphoner, parler, boire du café, attendre le soir au jardin. Les nombreuses choses du quotidien qui vont disparaître et que rien ne remplacera. Cette soupape sûre pour les questions du quotidien, ce petit emballage de réserve qu'il avait pour nous, que nous pouvions ouvrir et qui était toujours rempli de manière fiable. Quand je demandais, tu m'aides à ranger les étagères de livres ? et qu'il répondait aussitôt, bien sûr, qu'il frappait à ma porte à l'heure dite, posait l'échelle et dépoussiérait les ouvrages avant de les remettre à leur place et de dire, en les rangeant, si tu veux on peut faire ça plus souvent sans problème. Je n'ai jamais entendu mon père dire non. Enfin si, enfant, adolescente, bien entendu, beaucoup de non, parfois trop de non, c'était ce que je ressentais à l'époque, mais adulte, plus jamais. Après le diagnostic, je lui avais dit, dans ce cas, maintenant, je veux que nous nous voyions aussi souvent que possible, et nous nous sommes vus aussi bien et aussi fréquemment que faire se pouvait, et je l'ai vu s'amoindrir, se rapetisser et s'amoindrir, j'ai vu la maladie le dissoudre, non seulement lui, mais aussi nos objets du quotidien, je l'ai vue les emporter, les désagréger et les emporter, les dévorer sans rien mettre d'autre à notre disposition, pas de substitut, pas de produit d'échange, pas de consolation.

***

La collaboratrice du bureau d'aide sociale a annoncé sa venue. Nous nous sommes donné rendez-vous au chevet de mon père. L'air est étouffant, il ne pleut pas, cet été le cycle naturel de la pluie, de l'évaporation et de la pluie suivante a été aboli, il n'existe plus. Le temps presse en cette chaude journée du mois d'août, le moment est venu de prendre des décisions, de mettre le téléphone sur haut-parleur le soir et de discuter de tout cela à trois, deux voix de Francfort qui se mêlent à une voix de Berlin. Tout cela, pour moi, c'est terre inconnue. Tout arrive pour la première fois. Rien ne s'est encore jamais passé ainsi. Je sors dans le couloir avec la femme des services sociaux, il faut qu'elle me dise ce qui va se passer ensuite, dès que mon père pourra quitter la clinique. Les cris en provenance du service de psychiatrie voisin nous arrivent par la cour intérieure, les tirades injurieuses, d'un volume effarant, rageuses, interminables d'un patient en colère.

Elle ferme la fenêtre et résume à mon intention la manière dont les choses vont se dérouler, premièrement détermination du niveau de dépendance, deuxièmement réservation des aides-soignants, troisièmement vérification du degré de dépendance au bout de quelques semaines, quatrièmement confirmation du niveau de dépendance ou bien nouvelle évaluation. Elle laisse tomber beaucoup de mots relatifs à l'administration et à la gestion, quand je lui demande des précisions elle me répète la même chose, elle pourrait tout aussi bien lire à voix haute le contenu de sa brochure, elle ne fait aucune variante, ne trouve aucune périphrase qui me permettrait de comprendre et d'appréhender l'affaire. De l'autre côté de la cour, les cris et les injures continuent, retenus et amortis par des fenêtres fermées. Elle ne peut pas me dire ce que le service d'assistance aux soins pourrait faire précisément, quelle aide nous recevrions, elle ne peut même pas m'en faire un tableau approximatif. Je dis, pour nous, c'est nouveau, je suis tributaire de votre expérience, de votre conseil. Qu'est-ce qu'il y a, pour ce niveau de dépendance ? Deux minutes de soins par jour ? Dans ce cas ma mère, toute seule, serait chargée de mon père pendant vingt-trois heures et cinquante-huit minutes – une octogénaire qui a perdu une bonne partie de ses forces ces derniers temps. À moins que ce ne soient cinq minutes, vingt minutes ? Et que peut-on faire dans ce laps de temps ? Comment nous aide-t-on, pourquoi restons-nous seuls ? Mais elle ne veut pas penser à tout cela avec nous, compter tout cela avec nous, mon père est donc renvoyé chez lui, ensuite seulement nous verrons la suite, alors débutera notre phase de négociations avec la caisse maladie, la demande insistante d'aide, telle que je l'ai vu pratiquer par des amis qui parcourent déjà le même chemin avec leurs parents, qui ont déjà franchi toute cette souffrance.

En dessous de nous, en psychiatrie, on crie plus fort, quelqu'un a rouvert la fenêtre. Mon ton à moi aussi est devenu tranchant, ce sont peut-être les cris qui m'y amènent, peut-être m'aiguillonnent-ils et me remuent-ils, peut-être est-ce la cause de ma faible résistance à moi-même, de ma faible capacité à maintenir mon plan, mon projet de garder contenance. Comme avec moi maintenant, la femme des services sociaux se tiendra jour après jour avec les parents dans d'autres couloirs d'hôpital et s'habituera à déconnecter son système auditif à partir d'un certain niveau de tonalité, à ne tout simplement plus recevoir une certaine fréquence. Je sais que je n'obtiendrai rien ainsi, strictement rien, mais pour l'instant je ne peux pas faire autrement, c'est la chaleur, la tension, l'avenir et la peur que j'en ai, les hauts et bas incessants de ce quotidien du CHU et des malades qui martèlent dans mes veines, qui ont trouvé à présent une issue et se brisent. Elle reste calme et ne relève pas mon ton, elle me sert encore deux de ses formules creuses. Je n'écoute plus.

***

Le temps que mon père passe à la maison est un temps difficile, ce sont des journées de douleur où chaque pas devient une torture, chaque pas un coup, une piqûre. Les tapis dérangent, comme les coins, les bords des murs et les armoires, les portes avec leurs poignées perfides. Partout il y a des obstacles, on en trouve un face à chaque mouvement, chaque geste doit surmonter une résistance. Il n'est plus question de dormir, la nuit est dévastée par les coupures, la nuit n'est plus un lieu de repos, la nuit est un lieu où l'on endure et où l'on résiste. Je ne rends pas visite à mon père pendant toute une semaine, quelque chose en moi a commuté en fonction repli, autoprotection ou défense, quelque chose est tombé de moi, s'est détaché, n'est plus à portée de moi, mais je ne peux rien faire pour m'y opposer, je n'ai aucune idée de ce que je peux faire pour m'y opposer, de ce que je pourrais provoquer en moi-même à cette fin. Chaque journée m'a visiblement volé une part de mon entendement, j'en ai certainement perdu à chaque service d'hôpital, à chaque voyage pour m'y rendre, le reste, c'est la fournaise incessante qui l'a roussi, pire, je suis peut-être devenue folle, j'ai peut-être quand même grillé les plombs dans ce tourbillon – le résultat de cette demi-année, sa suite logique. Si je peux ne pas rendre visite à mon père pendant une semaine, c'est forcément parce que je suis devenue folle, parce que je ne tourne plus rond.

Car je le sais, en réalité, dans notre décompte actuel du temps, une semaine vaut une année ordinaire. Ou dix. C'est pour cela, c'est parce que je le sais, que je me suis rendue pratiquement chaque jour auprès de mon père. Parce que je l'ai toujours su. Moi-même, je n'ai pratiquement pas eu lieu, pendant tous ces mois, je n'ai pratiquement pas été. Mais à présent, j'admets que le temps se détruise sans moi, qu'il passe et se tarisse sans que j'intervienne. Je laisse s'écouler une semaine sans me rendre chez mes parents, sans prendre un verre d'eau dans la cuisine et m'asseoir avec eux sur le canapé. Je fais tomber sept journées de ma main comme si elles n'avaient aucune valeur, sept fois vingt-quatre heures, comme si on ne pouvait les employer à rien, comme si nous disposions justement d'une surabondance de temps, comme si nous pouvions donc en restituer un peu, comme si nous pouvions les laisser simplement s'écouler ainsi, inutilisées – sans conséquences. Je ne rends pas visite à mon père, je ne donne pas de coup de téléphone. Même prendre simplement l'appareil et dire Allô, cela ne fonctionne pas. Le deuil s'installe avant même l'agonie, l'agonie a commencé depuis longtemps, elle s'est frayé un chemin au cours des dernières semaines, des derniers mois, à coups de petites pauses et de douces illusions. Mais quand exactement cela a-t-il commencé, quel jour, à quelle heure ?

Un dimanche matin francfortois, gâté par le soleil, les oiseaux se disputent les meilleurs arbres, des écureuils sautent au-dessus des murs, un pivert cogne. Le ciel montre, avec son bleu blanc et brumeux, à quel point il va faire chaud aujourd'hui. L'ambulance a conduit mon père aux urgences. Ma mère les a appelées alors qu'il était tombé et ne parvenait plus à se relever. Je dois apporter le formulaire de dispositions médicales. Je roule sur l'autoroute vide du dimanche, je me gare, je traverse la rue, je vais sur le parvis et je me dis : c'est ici, au CHU de Höchst, que nous sommes nés, mon frère à la maternité de l'ancienne Maison des cochers, moi dans le nouveau bâtiment, celui aux ascenseurs qui bringuebalent aujourd'hui. C'est peut-être ici que mon père va mourir. À présent, après une semaine de silence, me revoilà à son chevet, me revoilà en oncologie, service 7L, revoilà la vue sur les clochers de la vieille ville de Höchst, sous le vaste ciel d'été. Il pose la main sur mon bras et dit, il ne faut pas que tu viennes aussi souvent, ne viens pas si souvent. Sa manière de me dire, tu en as fait assez, tu ne peux pas faire plus, sa manière de me dire, c'est en ordre, la manière dont tu fais ça, c'est précisément comme ça que c'est en ordre, sa manière de m'acquitter et de me le garantir, tout est bien comme tu le fais, tout est bien ainsi.

***

Quand j'entre dans sa chambre, le lendemain, ma mère se tient déjà près du lit. Elle a pris le bus matinal, avant le début de la chaleur, et elle a parcouru son chemin quotidien vers l'hôpital, un chemin qu'elle retrouverait aveugle ou les yeux bandés, la succession des clôtures, des portes, les rangées d'arbres et les boutiques, le bip des feux de signalisation, les bruits des voitures, tout cela suffirait à la guider. Mes parents, qui vivent en couple depuis plus de soixante ans, ont la tête l'une contre l'autre, front contre front. Ma mère caresse des mains les joues de mon père, il ne peut pas lever les bras pour répondre à son enlacement, il n'en a pas la force. Au cours de la nuit, il a perdu la vue, la tumeur a repris sa progression, elle ne s'arrête pas, elle ne fait pas de pause et ne nous en accorde pas non plus. La plus grande peur de mon père est devenue réalité, il ne voit que l'obscurité. Puis-je lui trouver une autre place, demande-t-il, il fait si sombre ici. Mais la chambre est d'une clarté solaire, le nouveau jour déverse sa lumière, il faudrait normalement fermer les lamelles du store à la fenêtre, mais je les relève, je rehausse aussi le lit de mon père, si bien qu'il peut regarder à l'extérieur, mon père doit voir que derrière cette fenêtre se trouve une grande journée d'été brillante qu'il utiliserait jusqu'à la dernière lueur s'il était mobile et en bonne santé – mais il ne le voit pas. Je dis malgré tout, c'est l'été, il fait clair, il fait chaud, devant toi s'étend une journée d'été claire et chaude comme tu les aimes, si tu regardes par la fenêtre, tu la verras, regarde juste en direction de la fenêtre.

Six étages plus bas, l'IRM, nous attendons dans le couloir. Plus tard, la doctoresse nous dit que nous devons à présent décider quelle suite médicale donner, s'il doit encore être traité ou bien juste en palliatif. Si l'on continue la chimio ou non, si c'est à la maison ou aux soins palliatifs. Une fois traduit, pour moi, cela signifie qu'on se demande si mon père doit mourir tout de suite ou avec un peu de retard. Je dois négocier cela avec moi, avec mon esprit, je dois décider si je le laisse mourir ou si je suis encore incapable de supporter qu'il meure, et si je préfère prolonger encore un peu sa vie qui ne se déroule déjà plus comme une vie. Mon père ne peut pas répondre à cela, et je ne peux pas y répondre pour lui. Je dois dire, bon, d'accord, nous le laissons mourir ? Ici et maintenant ? O.K., ça marche, on abandonne la chimio tout de suite et on le livre à la mort ? Je dois penser et exprimer cela ? Ma bouche doit le dire ?

Je discute avec l'assistante sociale, au calme pour la première fois, sans énervement, sans garde-à-vous. Elle s'occuperait d'obtenir une place en soins palliatifs si nous le souhaitions, et puis elle prononce cette phrase qui fait partie des phrases secourables, de mes phrases clés : les médecins continuent la chimio jusqu'au dernier jour si vous le voulez. Cela me paraît aussitôt une folie, une folie à vous faire dresser les cheveux sur la tête, mais il est tout aussi aberrant et invraisemblable de faire conduire mon père en soins palliatifs, dans un lieu destiné à la mort. Un lieu où l'on ne fait que mourir, un lieu aménagé pour l'agonie, qui ne fait qu'un avec elle, une seule et même chose, un lieu dans lequel toute perspective de vie est abolie, aussitôt anéantie. Aux soins palliatifs ? demande ma mère, mais on ne fait que mourir, là-bas. Oui, même cette ultime petite illusion que l'on s'accorde, celle qu'il pourrait encore y avoir un chemin de retour vers la vie, serait alors révolue. Cela signifierait remettre mon père à la mort, l'y inscrire immédiatement, sans autre ajournement, abandonner maintenant, à cet instant précis, et laisser le champ à la mort. Ne plus rien lui opposer, ne plus rien avoir en main contre elle, avoir perdu tous les atouts, avoir joué jusqu'à la dernière carte. J'appelle mon frère et je lui dis, il faut que tu viennes te faire une idée sur place, je ne peux pas décider toute seule. Il dit, comment veux-tu que nous décidions, c'est le médecin qui doit nous le dire. Mais elle ne nous le dit pas, lui rétorqué-je, c'est à nous de décider, ce sont nos noms qui se trouvent dans les dispositions médicales, nous avons signé.

Le soir je suis chez des amis, nous cherchons des réponses, ma détresse est à table avec moi, entre nos assiettes et nos verres, comme si souvent cette année-là à cette table, je l'ai apportée à mes amis, de la ville vers le Taunus, et j'espère qu'ils vont la dissiper, qu'une idée va leur passer par la tête. Tout en moi se hérisse contre l'idée d'abandonner mon père, de signer son arrêt de mort. Même si tous savent, à table, que c'est inéluctable, quelle que soit ma décision, c'est inéluctable. Personne n'ose l'exprimer, personne n'ose donner un conseil, aucun de nous ne peut répondre maintenant à cette question : palliatifs ou chimio ? Mourir tout de suite ou plus tard ?

***

L'appel arrive dans la nuit. Chaque nuit depuis le début de l'année, j'ai compté avec cet appel, je me suis couchée le soir, j'ai éteint la lumière et je me suis dit, cette nuit cet appel va arriver, cette nuit je dois m'y attendre, aujourd'hui je dois être prête, dans la nuit le téléphone va sonner, et tandis que les autres continueront à dormir, je repousserai la couverture, je passerai la main sur mon visage pour en écarter les cheveux, je me lèverai et je prendrai l'appareil pour recevoir cette nouvelle. Bizarrement, je n'ai jamais pensé que cet appel arriverait pendant la journée. Peut-être parce que nous avions la journée sous notre contrôle. Ou que nous croyions l'avoir sous contrôle. De jour, il fait clair, de jour mon entendement fonctionne le plus souvent sans difficulté, la nuit je dois commencer par le faire démarrer, la nuit ma tête doit commencer par trouver son chemin dans la parole, la nuit je dois commencer par me concentrer et trouver des repères. De jour, je les ai, les repères. C'est pendant la nuit que mon père est mort. Par une nuit de cet été du siècle, exagérément chaud et dépourvu de pluie, qui nous a donné une vague idée de la fin du monde, qui a desséché la terre et les champs, les a transformés en poussière, en désert brun et jaune. Quand personne n'était auprès de lui. Seul, dans son obscurité. Mon père est mort sans témoins. De jour, il avait toujours de la compagnie, mais il a choisi la nuit. Ou bien la nuit l'a choisi, la tumeur a choisi la nuit pour débrancher aussi sa respiration. Pour le commuter en position zéro, tout arrêter en lui.

La doctoresse l'a découvert ainsi pendant sa ronde de nuit. Elle dira plus tard à ma mère qu'il avait l'air en paix. Beaucoup de gens m'ont raconté que les mourants se cherchent une petite fenêtre temporelle par laquelle ils passent, à travers laquelle ils peuvent se faufiler sans être gênés. Tant que quelqu'un est assis auprès d'eux, ils n'y vont pas. Tant qu'une main est posée sur la leur, tant que quelqu'un leur parle et se relie à eux, ils restent, ils s'accrochent. C'est peut-être pour cette raison que j'ai si souvent rendu visite à mon père, peut-être pour cette raison que s'est allumée en moi cette inquiétude quand je ne pouvais pas être à proximité, c'est peut-être pour cela que quelque chose me poussait à être souvent auprès de lui. Pour pouvoir le contrôler aussi, pour ne pas le manquer : son départ. Peut-être tout cela est-il purement absurde, mais la maladie ne nous laisse pas de liberté, pas le moindre souffle de libre arbitre, la maladie décide de notre marche, c'est la maladie qui décide du jour et de l'heure, pas le malade, et surtout pas ceux qui l'entourent. Je suis assise sur mon canapé, dans notre appartement silencieux et noir comme la nuit, dans lequel le seul bruit est celui du réfrigérateur, et tandis que nous parlons, tandis que la doctoresse m'explique au téléphone comment il est possible que la tumeur ait pris le dessus d'une manière si rapide et définitive, je me mets à pleurer et, dans la seconde qui suit, je lui présente mes excuses pour avoir laissé s'échapper ces larmes. Plus tard, je me dis, quel métier terrible, quelle mission terrible, de sortir les gens de leur lit en pleine nuit pour leur dire cela.

Il nous reste six heures avant le moment où nous devrons prendre définitivement congé. Oui, définitivement. Pour toujours. Jusqu'à la levée du corps. Jusqu'à ce qu'il soit éloigné des vivants, séparé du cercle des vivants, retiré du monde des vivants. Ce sera encore une chaude journée, il n'est donc pas pensable de laisser s'écouler plus de six heures. Le corps mort commence sa décomposition, les températures élevées lui facilitent la tâche. Six heures qui s'écouleront à une vitesse étonnante bien que, vu de l'extérieur, il ne se passe rien. Seulement les adieux, et pour cela aucun temps mesurable ne nous suffira. J'appelle mon frère, le téléphone sonne à quatre heures du matin à Berlin-Wilmersdorf. Il dit que je dois m'assurer qu'ils n'emportent pas mon père, il lui faut au moins quatre heures pour faire le trajet en voiture, même maintenant, même à cette heure-là, la circulation des bureaux commence à sept heures, où qu'il se trouve à ce moment-là, Leipzig, Iéna, Erfurt.

Je sors sur la terrasse, le matin s'annonce déjà et fait glisser au-dessus des toits de la ville son soleil matinal d'un rouge incandescent, son ciel en rouge, ses bandes rouges blotties les unes contre les autres, entrelacées, du pastel au pourpre. C'est bizarre, j'avais combattu la mort pendant tout ce temps, je n'avais fait que la combattre, j'avais tout fait pour la refouler, la duper et la refouler, mais à présent je l'accepte et je lui remets tout le reste, je suis congédiée, c'est terminé. Je comprends la différence qu'il y a entre partir au premier ou au dernier jour de la maladie. Devoir la vivre de part en part, jusqu'au bout, ou arrêter avant la fin. Je crois que mon père est parti au cinquième jour de sa maladie, c'est mon sentiment. Je m'assois sur le banc, je m'emmitoufle dans une couverture et je parcours le ciel des yeux, je suis les traces nuageuses de son infinité. Tout est là, tout est inchangé. Les arbres sont immobiles, l'herbe est séchée et brune après cet été. Un oiseau chante pour moi à un volume exagérément puissant.

***

Une bonne fin ? Maintenant qu'elle est venue, maintenant qu'elle se produit, ce n'est pas aussi grave, nous nous sommes préparés, nous avons pu l'attendre, nous savions que cela arriverait. Même si mon esprit du rêve, mon esprit de l'ardent désir avait espéré que cela ne viendrait pas, que mon père pourrait continuer à vivre et à voir grandir ses petits-enfants, pourrait contempler un jour leurs visages d'adultes, écouter leurs mots d'adultes, suivre leurs phrases et leurs pensées d'adultes. Un miracle pourrait arriver, le destin pourrait nous réserver quelque chose comme une guérison spontanée, il y en a tout de même une sur un million, alors pourquoi pas nous ?

Je bois mon café et je passe prendre ma mère. L'hôpital de Höchst, pour la dernière fois. Au moins nous n'aurons plus jamais à faire cela, dis-je, jamais plus l'hôpital de Höchst. Nous avons rendez-vous, nous partons pour notre dernier rendez-vous, notre dernière rencontre. Nous avons besoin de cette image pour ne surtout pas penser la fin, nous devons la voir aussi, nous devons voir de nos propres yeux que c'est venu, que c'est là. Personne n'aurait eu besoin de me le dire, mais tous me l'ont dit. Une amie m'a exhortée à ne pas manquer cette dernière image, à ne pas en faire l'économie, à regarder, quoi qu'il arrive. Elle ne l'a pas, elle, cette image, les médecins le lui ont déconseillé quand son frère a mis fin à ses jours et que son visage n'était plus son visage, que son corps n'était plus son corps, elle y avait renoncé et, plus tard, elle n'avait jamais cessé de le regretter, elle le regrette encore aujourd'hui. Nous devons accomplir cette démarche, nous devons voir que cela s'est réellement produit, que c'est exact, que c'est la vérité, que nous pouvons la voir et la toucher, c'est la seule manière de mener pour nous-mêmes ce récit à un terme, d'avoir aussi l'image finale, l'accord final.

À l'extrémité du couloir du service d'oncologie 7L se trouve la chambre mortuaire, derrière la dernière porte du côté gauche. C'est ici, dans ce couloir, que j'ai prié il y a six mois, peu après le diagnostic, que j'ai chuchoté ma prière, j'avais prié que cela se passe dans un autre lieu, que l'on choisisse un endroit différent, qu'on ne le laisse pas finir ici, pas comme ça. Je dois prendre sur moi pour ouvrir la porte, je commence par garder la distance, puis je jette en vitesse un regard de l'autre côté de cette pièce lumineuse, je veux évaluer si je peux supporter cela et je décide aussitôt, je le peux, oui, je peux le supporter. Nos dernières heures communes sont là, elles sont entamées, à présent elles s'écoulent, à présent elles commencent à passer, même si la vie a déjà quitté cet espace, même si la voix et le mouvement ont déjà disparu. Devant la fenêtre poussiéreuse s'étend le Westend de Francfort, la vieille ville de Höchst, derrière un ciel fait de vapeurs industrielles et d'aéroport, encore un peu plus loin le massif de l'Odenwald. Derrière cette vitre, le matin vient de commencer, avec son bruit et son activité, de l'autre côté le jour prend déjà son essor. Pour tous ceux qui vaquent, en bas, à une occupation quelconque, entre les maisons et les routes, qui font avancer et accélérer quelque affaire de leur vie, le jour vient tout juste de commencer.

Nous caressons les joues de mon père, une joue chacun, nous nous tenons des deux côtés, je pose mes mains sur sa poitrine froide, mes mains sont brûlantes en cette chaude matinée, je le réchauffe, bien que je sache que ce n'est plus que son corps mort, bien que je croie que le reste a déjà continué son voyage mais se trouve encore sûrement près de nous. Le lobe de son oreille est tendre, il n'est pas froid, il rattache à un reste de vie, ses cheveux aussi, sa mèche derrière l'oreille a le toucher de la vie. Il y a encore son parfum près de son oreille, dans ses cheveux, dois-je couper une mèche ? Mon portable sonne, c'est l'ami, il a réfléchi aux soins palliatifs pendant la nuit, il veut m'ôter ma peur, il a parlé à quelqu'un, une ancienne infirmière-chef, et il appelle à présent pour me dire, n'aie pas peur, s'il te plaît, tu n'as pas à avoir peur de ça. Je réponds, nous n'avons plus à en décider, mon père est mort cette nuit. Il se met aussitôt en route, il descend du Taunus jusqu'au CHU de Höchst, il connaît mon père depuis la maternelle, mon père a été un fil rouge dans sa vie à lui aussi. Un peu plus tard, il frappe à la porte, même dans ce lieu le temps continue donc à courir, il parcourt l'espace sans hésitation, sans timidité, il nous serre dans ses bras et partage avec nous ce lieu de mort, cette chambre mortuaire à l'étage de l'agonie, ce palier préalable à l'au-delà, du moins dans ma tête, dans ma représentation, la dernière étape avant ce ciel qui s'étend, bleu et chaleur d'été, vers le sud.

La doctoresse arrive et nous présente ses condoléances, ma mère sort, d'un étui en cuir qu'elle porte toujours dans son sac, une photographie en noir et blanc de mon père. Tel qu'elle a fait sa connaissance. Mignon, dit la doctoresse, mignon. Oui, et jeune, dit ma mère, nous nous sommes connus si jeunes, il y a soixante ans à présent. Je pose ma tête contre celle de mon père, je suis ainsi un peu allongée à côté de lui, épaule contre épaule, l'ultime proximité, la dernière fois. Son nez a déjà un peu changé, il est devenu plus petit et plus pointu, le tendre a déjà commencé à s'éloigner de ses traits, le visage hippocratique veut s'imposer : nez en pointe, les yeux profondément rentrés dans les orbites. Je m'accroche à ce qui, pour l'instant, demeure inchangé : ses cheveux, sa peau. Oui bizarrement, sa peau, cette structure née de l'être-souvent-dehors, de l'être-toujours-dehors, du soleil, du mauvais temps et du vent. Taches de naissance, taches de vieillesse, rides. Lignes de vie, traces d'une biographie. La peau de mon père.

***

Il est inconcevable que cela me soit facile. Être facile n'est pas la bonne expression. Que j'y parvienne, tout simplement, que je reste ici, que je ne me lève pas tout à coup pour partir en courant. Nous sommes assis dans les bureaux des pompes funèbres, ma mère entre mon frère et moi, nous sommes venus ici de l'hôpital après avoir fait nos adieux pour toujours à notre père, après qu'à un moment donné nous avons levé la tête, retiré nos mains, que nous l'avons définitivement lâché et libéré, que nous nous sommes retournés et que nous avons dû parcourir ce dernier pas pour franchir la porte. Des locaux commerciaux devant lesquels on ne fait d'ordinaire que passer, que l'on remarque certes, dont on connaît l'existence, mais que l'on craint de regarder, comme sous l'effet d'une sorte de défense. Un lieu dans lequel le quotidien ne joue aucun rôle, où l'on n'a jamais à se rendre pour se procurer quelque chose, on n'a besoin de rien de ce genre pour vivre. Une boutique où l'on ne met jamais les pieds d'habitude, et où l'on n'aime pas non plus séjourner plus que nécessaire, on n'a qu'un seul désir, en finir avec ces choses-là. Et pourtant c'est bien une boutique – un espace pourvu de deux grandes tables, dans lequel il n'y a pas grand-chose à voir, dans la vitrine un choix d'urnes, dans les classeurs des photos d'arrangements floraux. Toutes les autres boutiques parlent de la vie, on achète des choses pour la vie, on achète des choses pour vivre avec elles, pour les utiliser dans la vie, pour s'en entourer dans la vie, cet endroit-là est le seul où l'on achète quelque chose pour la mort. On entre dans cette boutique le jour de la mort, on ouvre sa porte ce jour-là et on la ferme plus tard, on ne porte ni caisse ni carton, on n'a pas de sac à la main, pas de cabas. On n'emporte rien.

Je ne peux pas croire que je désigne une dalle, que je montre une typographie, que je suis en mesure de choisir une dalle et une typographie pour le nom de mon père. Cela va vite, je n'ai pas à pleurer et je peux penser avec clarté, c'est fou, mais je peux à présent penser clairement et décider la couleur, la surface de pierre, la forme et la dynamique de la typographie. Mon père ne voulait pas de vers dans le corps, il voulait être incinéré. Il ne voulait pas de lourde pierre sur sa tombe, c'est la raison pour laquelle ce sera une petite dalle, juste pour son nom et ses années de naissance et de mort, les parenthèses de sa vie. Il demeure un reste de mauvaise conscience pour lequel il ne pourra plus nous prendre sur le fait, avec lequel nous ne pourrons plus être découverts. Un mauvais sentiment, parce que nous le fixons en nous et que nous allons l'inhumer chez nous, à proximité de nous. Parce que nous ne le livrons pas.

Plus tard, mon amie pastoresse me tranquillise au téléphone, elle dit, ceux qui restent sur place décident. Celui qui reste décide. Je ne demande pas, tu le penses vraiment ou tu dis ça uniquement par amour pour moi, pour effacer mes scrupules ? Celui qui reste sur terre doit pouvoir décider, poursuit-elle, et elle répète à mon intention : Celui qui reste décide. Et puis comment cela pourrait-il se faire, l'enterrer dans son village en Hongrie ? Pour chaque rencontre, chaque idée de retrouvailles, devoir rouler douze heures, une journée, mille kilomètres ? Au cours des mois suivants, cette idée me paraîtra encore plus inconcevable, quand ma mère sortira chaque jour pour aller au cimetière parce qu'elle ne connaît pas d'autre chemin, parce qu'elle ne pourra que suivre imperturbablement celui-là quand il deviendra le point fixe, l'appui de sa journée devenue déserte. Aurait-il vraiment voulu lui prendre ça ?

***

J'ai toujours pensé que les gens mouraient entre novembre et janvier, une fois que le soleil a pris congé, que les températures tombent et que l'obscurité s'installe. L'hiver, c'est la mort, pas l'été. L'été, c'est la vie. Mais ce qui est fou, c'est que les gens meurent aussi en été, ils meurent même par des journées brûlantes, claires, innocentes, impeccables. La mort est capricieuse, on doit compter avec elle à tout moment. Beaucoup tentent à présent de m'ôter un morceau de ma douleur, de l'apaiser, d'en prendre un peu sur leurs épaules. Tous prennent leur part, offrent de l'aide, compatissent, souffrent avec moi, portent le deuil avec moi. Je sens une vague de solidarité telle que je l'ai connue, la dernière fois, à la naissance de mon premier enfant, quand chacun voulait faire un saut et participer, recevoir un peu de ce bonheur ou y apporter sa contribution. La naissance et la mort – il ne nous arrive rien de plus grand, même si c'est littéralement banal, parce que au bout du compte chaque vie commence et chaque vie s'achève, il n'y a pas de marge de manœuvre dans laquelle nous pourrions négocier, il n'y a que cette concordance de dimensions. Quiconque a déjà vécu cette perte sait quelles sensations cela provoque, qui ne l'a pas encore subie éprouve l'angoisse de devoir bientôt en supporter la souffrance. Les uns savent comment c'est, les autres pressentent comment cela pourrait être et ils ont peur. Dans l'entourage de mes enfants, les grands-parents disparaissent partout, en cette année d'été violent, exagéré, les enfants ne sont pas seuls avec cela. Nous les avons eus plus tard que la génération qui nous a précédés, ils perdent donc déjà leurs grands-parents alors qu'eux-mêmes sont encore adolescents.

En janvier, quand j'ai appris à un cercle d'amis que le cancer était de retour, que le cancer était revenu chez mon père, il y a eu un long moment de silence, une déglutition inaudible mais sensible, le silence s'est installé tout à coup autour de la tablée bruyante, les signes avant-coureurs de la mort ont immédiatement paralysé le bruit de la vie. Parce que nous traduisons cancer par mort. Par agonie. À un moment donné, cette signification s'est gravée en nous, nous n'avons pas d'autre traduction pour ce mot, ses six lettres, il ne connaît pas d'autre sens, il n'a que ce synonyme-là, dans notre dictionnaire le cancer signifie la mort, le cancer signifie l'agonie, le cancer n'a pas d'autre contenu, il n'ouvre aucun espace de battement mental, il ne se laisse pas réinterpréter, réduire par la pensée, il n'admet rien d'autre.

***

Nous sommes assis dans le séjour de mes parents – ou bien, comment dis-je maintenant : dans le séjour de ma mère ? Nous parcourons ses carnets d'adresses, nous prévenons les anciens collègues, les parents et les amis, Csöpi, Zoli, Teruska et quel que soit leur nom, nous nous répartissons les pays et les villes. Après 1956, les Hongrois se sont éparpillés dans le monde entier, en Australie, en Amérique du Nord, en Europe du Nord et de l'Ouest, mon frère se charge de la Hongrie, c'est-à-dire le village, Budapest et le Vámpalotaland, ma mère de la Hollande, des États-Unis et de l'Australie, c'est-à-dire Amsterdam, Los Angeles et Melbourne, moi du Canada, je manie mieux l'anglais que le hongrois. Dans les années 1970, mon oncle avait émigré de Londres au Canada, il avait voulu convaincre mon père de l'accompagner, mais celui-ci avait jugé l'aventure trop risquée, le long chemin lui faisait peur, peut-être aussi l'hiver canadien glacial, mon père était un homme de l'été, un homme du soleil, un homme de la lumière, un homme de la chaleur, il commençait à vivre à vingt-quatre degrés, à trente il s'asseyait au soleil quand les autres se réfugiaient à l'ombre. La distance avec l'Europe, avec la Hongrie l'inquiétait, il trouvait oppressante l'idée d'accroître encore la distance avec sa mère, qui avait perdu son fils à cause du cours de l'histoire et un peu plus tard son mari à cause de la maladie. La distance entre l'Allemagne et la Hongrie lui suffisait.

Tard le soir, j'appelle mes parents au Canada, je compte six heures à rebours, chez eux, c'est l'après-midi. Quelque part derrière Toronto, le téléphone sonne dans un bungalow des années 1970 qui m'est toujours familier, que je peux toujours voir dans mes pensées bien que je n'y sois plus allée depuis longtemps. Je connais la large rue tranquille avec les jardins qui s'y moulent et qui se blottissent tendrement les uns contre les autres, je connais le chemin pavé vers la maison, la moustiquaire devant l'entrée, qu'il faut détacher avant d'ouvrir la porte, la cuisine jaune maïs, la chambre avec ses lits généreux au milieu, les couvre-lits bigarrés et la foule de coussins, le regard sur l'extérieur, sur la verdure, sur les érables et les cèdres. Petite fille, pendant les brefs étés chauds, j'y plongeais dans la piscine. Des gens que j'aime bien. Qui portent le même nom que moi/que nous. Eux ont vécu leur deuil voilà un an, mon oncle avait un an de plus que mon père et il est mort un an plus tôt. Les deux frères ont atteint le même âge.

Mon cousin décroche, j'ouvre la conversation par les mots, *this is Zsuzsi, calling from Germany, I'm afraid I have some sad news for you.* Je commence par caler, mais ensuite nous parlons longuement, nous avons le temps et nous sautons des pleurs au rire, du mineur au majeur, du deuil à la joie. Il me fait rire, me raconte le passé, les étés que nous avons partagés en Europe, notre périple Allemagne-Hongrie-Italie, quand la parentèle Bánk était convoquée dans le Vámpalotaland, derrière Budapest, quelque part entre Gyöngyös et Hatvan, afin que nous puissions tous les rencontrer, quand la famille Bánk, haute en couleur, faisait vibrer un bref instant le long ruban tendu entre la Hongrie et le Canada, par ces journées rares, précieuses, toujours chaudes, qui se déversaient dans un bruyant pêle-mêle de voix et de langues. Non, ces jours-là, il n'a jamais plu.

Nous volons dans notre capsule enfantine, nous revenons par la pensée à l'été canadien, à nos parcours en canoë dans le parc Algonquin, à notre bonheur de camper parmi les ours qui nous rendaient visite la nuit parce que nous avions secrètement laissé quelque chose de comestible à l'extérieur pour les attirer. Nous complétons notre mosaïque du souvenir, nous posons de petits morceaux les uns après les autres, ça n'est pas difficile, nous n'avons pas à chercher longtemps. Nous rions de nous-mêmes, des sales gosses que nous étions, qui n'arrêtions pas de nous chamailler, nous nous rappelons le jour où il nous a abandonnées, moi et ma sœur, loin au large dans le lac, et où, dans sa fureur, il est rentré seul en ramant dans le canoë. *We could have died !*, nous étions-nous indignées devant les parents. Plus tard nous sommes devenus plus doux, une fois adultes nous étions pacifiques et nous prenions toujours congé en pleurant, ça n'était pas possible autrement. Nous avions souhaité vivre dans la même ville, dans le même pays ou du moins sur le même continent. Quand arrivait le taxi qui me conduirait à l'aéroport, quand on le voyait apparaître au coin de la rue, ma cousine se mettait déjà à pleurer, et avant qu'il ne reparte, nous nous tenions fermement les mains par la vitre baissée, pour un dernier instant.

Nous parlons de la neige canadienne, de la fiabilité avec laquelle elle tombe encore, nous parlons du ski, du long hiver bien enneigé et de ses excursions à North Kawartha, souvent il emporte ses skis pour aller glisser sur les collines dont on sait en toute certitude qu'elles seront couvertes de neige. Cela m'est facile, c'est simple, de parler du temps et de l'hiver, de parler d'un lieu très éloigné, de parler de quelque chose comme la neige, qui est claire et blanche, et pas seulement de la mort et de la maladie, de la noirceur et de l'inquiétude des derniers mois. Nous parlons longuement, nous alternons les tonalités et les thèmes, nous retenons quelque chose qui veut m'échapper, mais ce n'est pas lourd, ça ne fait pas mal à cet instant précis. Nous parlons de nos familles, de nos enfants, de toutes les choses que nous faisons d'habitude, avec lesquelles nous peuplons d'ordinaire notre vie du matin au soir, notre vie toute normale, telle qu'elle se déroule et se dévide normalement, notre vie quand nous ne portons pas le deuil.

Plus tard, sa sœur m'écrit. *Your father was a good man. A really good man. I always wished he was my father. He seemed so fun and enjoyed spending time with you. You and your brother seemed to adore him. My father was the strict one and always made us work so hard. I was a very resentful child. But I loved your family, you all seemed like you had a good time together. I remember Italy, eating meals together, driving in the car, short bathing suits, eating garlic because it was good for the blood. He was so protective, your father. He is gone, but not forgotten. He was well loved. I can still see and hear your father speaking to me.*

***

Est-ce qu'il est déjà incinéré ? demande ma mère en regardant l'horloge, et elle fond en larmes. Aujourd'hui, c'est le jour, c'est aujourd'hui que cela doit se produire. Tant que son corps existait, même s'il était déjà transféré dans un crématorium en dehors de la ville, mon père était encore là d'une certaine manière, il était auprès de nous, avec nous, en tout cas à notre proximité. Nous pouvions prétendre, ce n'est pas encore fini, quelque chose nous relie encore, son corps témoigne encore de sa vie, même si elle est derrière lui. Désormais il n'y a presque plus rien de lui sur terre. Il est : plus sur terre. Son costume préféré est incinéré en même temps que lui, mon père quitte ce monde en bleu marine finement rayé. Après toutes ces semaines en chemise d'hôpital, j'avais tenu à ce qu'il porte ses propres vêtements, pas un linceul des pompes funèbres, pas un tissu étranger de plus. Mais je ne voulais pas aller à l'incinération, rester assise devant le crématorium et attendre que ce soit fait. Je ne voulais pas avoir à témoigner de la manière dont son corps avait été détruit, dont tout ce que mon père avait de visible et de sensible était devenu cendre. Son anéantissement corporel – j'en avais suffisamment témoigné ces derniers temps.

Je vide mon portefeuille, j'en sors les nombreux bouts de papier et autres petites cartes. Pour chaque clinique, pour chaque service, un numéro, les noms des médecins et des infirmiers. La petite carte de l'hôpital d'Eisenstadt, où le personnel soignant parlait hongrois, de l'hôpital de Hainburg, où le personnel soignant parlait slovaque, de l'hôpital de Mistelbach, où le personnel soignant parlait tchèque, du CHU de Höchst, où le personnel soignant parle de nombreuses langues de ce monde. Oncologie, chirurgie, anesthésiologie et médecine intensive, gériatrie, clinique de jour, de nouveau oncologie – la série avait suivi cet ordre –, puis les services sociaux, et pour finir les pompes funèbres. Au téléphone, on nous avait déjà prévenus qu'en Autriche on nous donnerait des renseignements par la même voie de communication, avec le mot de passe que mon père avait dû déterminer pour chaque clinique et qu'on nous demandait quand nous voulions savoir comment il allait et ce qu'ils comptaient lui faire à présent. Ilona avait été notre mot de passe téléphonique, le premier mot, le premier nom à être venu à l'esprit de mon père, qui était déjà présent, qu'il avait déjà sur les lèvres, qu'il n'avait pas eu à chercher, sur lequel il n'avait pas à réfléchir, le nom de ma mère, sa série de lettres naturelle, son code intérieur.

Je me rappelle le méchant médecin de Hainburg auprès duquel je m'étais plainte parce qu'en dépit du mot de passe, Ilona, il avait été difficile d'avoir des renseignements par téléphone, de me rapprocher de mon père en attendant et en questionnant, et le médecin n'avait montré aucune espèce de compréhension, il m'avait dit, d'une voix rogue, que les parents ne devaient pas trop se faciliter la tâche, qu'ils feraient mieux de passer voir plutôt que de téléphoner. Il n'avait pas la moindre idée des trois mille kilomètres que j'avais inscrits dans mon carnet de route, pas la moindre intuition de nos systèmes de coordonnées largement divergents entre Berlin, Francfort, le Balaton et le village au jardin d'Éden, de mes déplacements constants sur des routes nationales et des autoroutes, de mes achats de vignettes, de mon méli-mélo linguistique, de mes égarements dans le souci et la panique, répartis sur le jour et la nuit, sur des centaines de kilomètres, mais il aurait pu l'imaginer. Il aurait pu l'imaginer en tant que personne qui va et vient sans arrêt entre des lits de malade, entre les parents dans les couloirs d'hôpital, il aurait tout simplement pu l'imaginer.

***

J'ai toujours pensé que les gens qui supportent le poids de leur deuil ont un autre air, ils deviennent fragiles et fins. Quel que soit le voile sous lequel ils se cachent, il tombe d'un seul coup, ils reviennent à leur essentiel, à leur noyau. Le deuil montre d'eux un élément qui n'a jamais été aussi clairement visible, et cet essentiel de leur caractère fait apparaître quelque chose qui les rend beaux. Moi, en revanche, je suis devenue laide. J'ai pris de l'âge, mon visage est celui d'une vieille femme, mes yeux se sont détournés de je ne sais quoi, ils sont devenus ternes et petits, ils se sont retirés comme s'ils voulaient disparaître. La vie continue, me disent beaucoup, c'est la phrase que j'entends souvent, la vie doit continuer, c'est une sorte de mantra des survivants, de ceux qui sont restés, des abandonnés. Mais ce n'est pas vrai, non, la vie ne continue pas, seules les nombreuses nuances du deuil se déploient, la grande palette des couleurs de deuil, avec leur dégradé du gris au noir et du noir au gris, et il faut parcourir toutes les nuances.

Mais la vie ne continue pas du tout, non, elle ne s'immobilise pas non plus, elle se contente de faire du surplace, c'est plutôt cela. Elle devient une faible réplique d'elle-même, blême et vide, elle ne fait pas d'offres, elle ne montre rien et n'invite plus à rien, elle ne fait plus que traîner stupidement, traîner stupidement et inutilement. Elle s'en va et s'éloigne, elle glisse dans l'insignifiant. Les jours perdent leur sens, leur date n'en a plus elle non plus, peu importe quel jour on est, quelle date lui a été attribuée, ce que montre le calendrier, 17, 18 septembre ou 4, 5 octobre, quelle importance ? Que signifie cette segmentation, pourquoi l'avons-nous, que nous apporte ce décompte, et surtout, que m'apporte-t-il ? Il est difficile de se retrouver dans la vraie vie, de prendre de nouveau au sérieux la signification de la vie et de la reconnaître, il semble impossible de revenir dans ses pensées et de se rappeler qu'elle est riche et pleine de promesses, de s'en convaincre de nouveau soi-même. On ne sait plus dans quel but, on se demande, dans quel but au juste, à quoi, s'il vous plaît, la vie serait-elle bonne une fois encore, pour quoi était-elle là, au juste ?

***

Tout ce que notre père a construit, mon frère et moi nous le déconstruisons à présent. Ce qu'il a mis des années à édifier dans sa vie, ce qu'il a rassemblé, aménagé et acheté, nous le retirons maintenant. Nous y mettons un terme, nous le détruisons. Nous détruisons la constante de notre vie. Celle qui a toujours été là, qui était déjà là quand nous sommes nés, avec laquelle nous avons grandi, celle qui a accompagné notre enfance, notre accession à l'âge adulte et même notre vieillissement. Nous ne connaissons pas la vie autrement. Nous ne la connaissons que comme ça. Nous ne la connaissons qu'avec cette constante.

Mais à présent, tandis que l'été se soumet de nouveau aux prairies et aux forêts, et annonce par les fenêtres ouvertes le prochain jour brûlant, nous détruisons cette constante. Chaque matin nous entreprenons de continuer à la dissoudre, à en ôter une part supplémentaire et à l'évacuer. À la réduire à néant. Cela fonctionne mécaniquement, c'est presque facile, un procédé technique, comme une déclaration de revenus. Nous sommes assis entre des piles de papier sur le canapé rayé de nos parents, nous nous frayons un chemin dans la correspondance et les extraits de comptes, nous ouvrons des classeurs, nous lisons les lettres des assurances, de la caisse d'épargne, de la caisse de retraite, nous soulignons au stylo rouge, nous collons des post-it aux couleurs vives, nous classons les tâches en difficiles, moyennement difficiles et faciles et nous téléphonons, nous prenons des notes, nous inscrivons des noms, nous posons des points d'interrogation ou de petits crochets.

Il est presque plus simple de parler avec des inconnus qu'avec des amis. Avec des voix inconnues, les choses sont plus faciles, les voix familières me compliquent l'existence. Seulement je ne peux pas croire que je dis à des étrangers, mon père est mort, nous sommes justement en train de faire du tri dans ses papiers. Que je doive dire à des inconnus ce qui nous est arrivé comme si cela les regardait en quoi que ce soit, comme si ce n'était pas quelque chose qui n'appartient qu'à moi, qui n'appartient qu'à nous, comme s'il était par conséquent erroné de le porter dehors, dans le monde, et en particulier à des étrangers. Je n'arrive pas à croire que j'arrive à prononcer cette phrase, à la dire et à l'écrire réellement, que je me juge capable de la dire, que j'en aie l'audace : Mon père est mort. Je regarde cette phrase et je la relis comme si je ne l'écrivais pas, comme s'il ne s'agissait pas de moi, de nous, comme si quelqu'un me la dictait mais que je n'étais pas concernée, tout simplement parce que je ne peux pas être concernée. Tant que je n'avais pas dit cette phrase, tant que je ne l'avais pas écrite, elle n'était peut-être pas vraie, peut-être même une autre interprétation, une autre vision des choses était-elle possible, peut-être aurais-je encore pu retirer son propos, son contenu. Mais à présent je la prononce, je l'écris et je la déclare vraie. C'est moi-même qui en fais une vérité, qui l'élève à ce rang et la nomme comme telle. Il est inconcevable que je puisse dire cette phrase et livrer ce qu'elle signifie, ce que désigne son contenu. Que je ne m'y oppose pas, mais que je lie ces mots en moi et les utilise pour faire cette phrase : mon père est mort. Il est mort.

Nous trouvons des photos dans des caisses et des tiroirs, des photos arrachées à des passeports pour garder un souvenir, des permis de conduire internationaux, des abonnements de ski, des billets d'avion, une vie en documents et en images, à un moment la question se pose, avons-nous encore notre projecteur à diapositives ? Ainsi apparaît l'assemblage humain qui a entouré mon père pendant toutes ces années et qu'il laisse à présent derrière lui, qui désormais va devoir s'en sortir sans lui, des lettres d'Est en Ouest, dans les écritures familières de sa mère, des tantes et des cousines, courrier de Noël, courrier de Pâques, courrier d'anniversaire, courrier pour les fêtes et les jours ordinaires, courrier du bonheur, courrier d'amour, courrier de deuil, tout ce qui l'a attaché à d'autres, ce qu'ils voulaient s'écrire, se dire, se montrer et se communiquer les uns aux autres, leur proximité, leur inclination mutuelle, documentée et prouvée par le texte et par l'image. Je découvre une carte postale, cachet de la poste de 1954, mon père avait vingt et un ans. Un couple en noir et blanc, manifestement une scène de cinéma, une femme dévisage un homme, vouée à lui, amoureuse, son regard comme une invitation, ses lèvres, un oui sans équivoque. Au dos de la carte, dans une écriture inconnue : Je pense souvent à toi. En dessous, le prénom, une Zsófi s'est entichée de lui. Cela m'émeut, mais qu'est-ce qui m'émeut, au juste ? Que quelqu'un soit tombé amoureux de lui ? Qu'il ait eu une vie avant nous et notre temps, une vie dont nous, sa famille, n'avons jamais rien su, sur laquelle nous n'avons jamais rien appris ? Mais qu'elle ait eu suffisamment d'importance aux yeux de mon père pour qu'il ait conservé cette carte postale, au fil des décennies, dans sa petite serviette en cuir ? Je ne peux plus enquêter sur cette histoire, il n'y a personne que je puisse encore questionner. Peut-être ce qui m'émeut est-il seulement que mon père a été autrefois un jeune homme, en son temps, dans son pays, avec des séances de cinéma, des exaltations, des après-midi dansés et de premières amours, un jeune homme qui faisait flotter avec simplicité et sans peine à travers ses journées le ruban de sa jeunesse. Sa vie était devant lui, le monde se déployait devant lui et il n'avait qu'à y entrer. Qu'il ait été au commencement, qu'il ait été jeune. Jeune et en bonne santé. Que le monde de sa jeunesse ait encore été en bon ordre et qu'il n'ait pas pu deviner ce qui allait bientôt lui arriver. À moins que je ne sois émue par le fait qu'à l'époque, il ait encore été si loin de nous, qu'il n'ait eu aucun d'entre nous dans la tête, pas même sous forme de réflexions, ni ma mère, ni mon frère, ni moi ?

Je remplis ainsi les temps que je ne connais pas, auxquels je n'ai jamais pris part, auxquels je n'appartiens pas. C'est plus tard, seulement, que j'ai lieu, nous n'avons lieu qu'ultérieurement, nous n'avons commencé à avoir lieu que des années après. Il y a ces temps sur lesquels nous n'avons aucune prise, ces temps qui nous échappent, ces temps que nous devons dessiner et dépeindre nous-mêmes par nos propres moyens, avec notre imagination. Et il y a des temps que nous connaissons juste par ses récits, y compris son temps de service militaire, ce mélange de débilité, de désert sinistre et de dureté, cette transition entre le lycée et des études qu'il n'eut pas la possibilité de reprendre par la suite. Les trois rangées dans lesquelles devaient se placer les toutes dernières recrues : ouvriers, paysans, intellectuels. Des ouvriers, il n'en avait pas dans sa famille, des paysans non plus, mon père s'était donc mêlé au groupe minuscule des intellectuels, il s'était donné l'impression d'être déplacé et grotesque, tout comme la société sans classe lui paraissait incongrue et ridicule en exigeant cette répartition. Les petits trucs qui leur permettaient de se débrouiller. Un jour, mon père fut convoqué chez son capitaine, son frère avait envoyé un télégramme urgent, leur grand-mère était morte, il devait se mettre en route immédiatement. Il réprima un froncement de sourcils : sa grand-mère était morte depuis des années. Son capitaine lui exprima ses condoléances et accorda une permission à mon père, qui le remercia, prépara son sac, quitta la caserne et bondit en sifflotant dans le premier train qui le ramenait chez lui.

Il n'a jamais cessé d'aimer les gares. Le tempo, le mouvement sur les quais, les possibilités offertes par les points cardinaux, les tronçons, les voies et les destinations, l'idée du monde et l'invitation à se mettre en marche vers lui, à ouvrir une porte, à monter et à partir. Il pouvait passer des heures dans les gares, à suivre l'activité, l'arrivée et le départ des trains, la tonalité des annonces, le cliquetis des panneaux indicateurs, ce mélange de sons, cette orchestration faite de couinements, de sifflements, de voix et de cris. Il aimait bien me conduire à la gare ou venir me chercher au train, il attendait que le mien arrive et me faisait signe par la fenêtre quand le wagon se remettait lentement en branle. Il ne pouvait pas comprendre pourquoi je m'énervais à cause d'un train en retard, pourquoi il serait grave de flâner un petit peu sur un quai, dans le maquis des gens pressés et de leurs valises à roulettes, sous le battement d'ailes des pigeons. Mes coups de sang contre les chemins de fer, mes récriminations à propos des trains manqués, annulés, bondés, immobilisés, froids comme un réfrigérateur ou transformés en four le mettaient mal à l'aise. Je voyais bien à quel point il se sentait mal, comme il se tortillait sous mes cascades de fureur, comme si je me plaignais d'un vieil ami, d'un familier avec lequel on n'avait pas le droit d'être aussi dur.

Enfant, mon père avait déménagé tous les ans. Chaque été, au début de l'année scolaire, la famille du chef de gare se rendait dans une autre gare à l'est de la Hongrie, du village à la petite ville, de la petite ville au village, à travers le Vámpalotaland avec ses champs de maïs et ses veines de Tisza, ses nids de cigognes et ses prairies à grenouilles, ses puits à manivelle et ses poteaux électriques en bois sombre, sous son ciel bleu pastel, bas et somnolent. On ôtait des vitrines les verres et les porcelaines, on vidait les armoires à linge et les étagères à livres, on décrochait les rideaux, on emballait les tapis et on les chargeait dans des wagons, tout ce qui leur appartenait roulait sur des rails à travers l'étuve de l'été. Je n'avais jamais cru mon père sur ce point, je prenais ça pour l'une de ses exagérations, pour un autre détail dans le canon de ses inventions, parce qu'il imaginait souvent des histoires à notre intention, entre autres sur les cicatrices pâlies depuis longtemps qu'il portait au cou, là encore, un recueil d'histoires qui n'avaient aucun rapport avec la vérité, la vérité simple et vite racontée. Jeune homme, il était tombé à vélo dans du barbelé, ç'avait certes été sérieux, mais pas assez grave pour être raconté, pas même le fait que sa mère avait dû se raccrocher au chambranle en le voyant monter les marches de l'escalier, couvert de sang et soutenu par son frère. Il préférait nous raconter des combats qu'il agrémentait de toutes sortes de péripéties et de personnages, d'abord avec des tigres, des lions et des ours, plus tard avec des boxeurs et des truands, lorsqu'il comprit que nous avions passé l'âge où nous pouvions encore croire que la Hongrie était une terre de grands fauves.

Mais en rangeant, j'ai découvert des documents destinés à la BfA, les Assurances fédérales des employés, dans lesquels on trouve sur un formulaire, de l'écriture de mon père, les domiciles de son enfance, avec l'indication de tous ses établissements scolaires, qu'il devait manifestement inventorier pour demander sa retraite. Avant qu'il n'aille au lycée de Miskolc, on mentionne chaque année un nouvel établissement, un nouveau lieu tout neuf. Tous ces noms fous, compliqués, imprononçables, casse-cou, Rozsnyó, Sátoraljaújhely, Gyöngyös, Legenye-Alsómihályi, qui avaient un jour été un chez-soi pour mon père, qui avaient été son chez-soi à une époque qui remontait incroyablement loin. Au premier étage des bâtiments de la gare, les bibliothèques et le piano, les bonnes et des précepteurs pour les deux fils, qui n'arrivaient à se passionner ni pour le latin ni pour la physique, en dessous, dans la rue empoussiérée, les amis et enfants du village, un ballon de football fait de haillons noués les uns aux autres et après lequel ils couraient tous sous le soleil de l'été.

Chaque fois, les enfants se plaignaient de ces adieux et pleuraient, mais au bout de quelques semaines sur leur nouveau lieu de vie, ils disaient déjà, c'est encore plus beau ici, nous voudrions ne jamais plus partir d'ici. Nous voulions faire encore une fois le tour de ces lieux avec mon père, nous promener dans l'est, derrière Budapest et Gyöngyös, où le ciel est plus grand et plus vaste que la terre en dessous de lui, dix fois plus grand, cent fois plus grand, les parcourir lentement, au pas, à un tempo qui ne mériterait pas le nom de tempo et dans lequel nos yeux pourraient s'adapter facilement et sans effort aux changements de localités, aux changements de contours entre les forêts et les champs, aux nuances de leurs couleurs. Dans le Vámpalotaland, nous voulions aller chercher de vieilles maisons, des panneaux indicateurs et des panneaux de rue, voir ce qu'ils étaient devenus, comment ils avaient résisté à l'écoulement du temps, faire l'impasse sur les industries et les bâtiments en plaques de béton, mais nous diriger vers les palais des Douanes et les gares, nos temples du passé, et trouver un café dans lequel on pourrait commander de la purée de marrons, puis nous promener un moment à travers Miskolc, où les tombeaux de famille sont chez eux, où mon père avait passé son baccalauréat, où il retrouvait Zsófi pour aller danser et d'où il était parti à l'armée. Le lieu où on l'avait calomnié et dénoncé en 1956. Nous n'avons pas eu le temps.

***

Nous inspectons des papiers, nous ouvrons des classeurs, nous avançons laborieusement dans le courrier importun des assurances, à travers les quittances, les décomptes, les appels à cotisation, à travers cette face de la vie stupide, sinistre et affreusement ennuyeuse, cette vie qui commence par mettre la mort au jour avant de la placer au centre de tout, infatuée. Dans la vie, ce n'est qu'un accessoire au repos, rangé dans des dossiers et une armoire, parce qu'on ne veut pas avoir grand-chose à voir avec tout ça, ces chiffres, ces signatures, ces contrats, ces extraits de compte et ces missions permanentes de la vie. Nous dressons des listes, nous notons ce que nous devons résilier, contrats de téléphone portable, abonnements, assurances de voyage, complémentaires santé, adhésions, Debeka, Gothaer, Tchibo, Union samaritaine ouvrière, au bout de plusieurs heures mon frère dit, il est possible qu'à un moment mon père ait perdu le contrôle sur tout cela.

Comment pouvez-vous nous aider ? est devenu l'une de mes phrases récurrentes au cours de ces mois-là, une phrase sur laquelle chaque discussion ou presque débouche tôt ou tard, une phrase par laquelle je finis à un moment ou à un autre. À une date quelconque de cet été brûlant, j'ai compris que je devais exprimer cela, que je devais poser la question exactement en ces termes, que je ne devais pas serrer la balle et la garder pour moi, mais la lâcher, la lancer en l'air et regarder qui la rattraperait, caisse de sécurité sociale, aides sanitaires, services sociaux, médecins. J'appelle la BfA, c'est ma mission, celle qui m'a été confiée, il nous manque des documents pour faire la demande de pension de réversion pour ma mère, bien sûr qu'il nous les manque, d'une manière générale il manque toujours le principal, toujours ce que nous sommes justement en train de chercher, ce dont nous avons besoin, ce que nous devons présenter et envoyer pour faire avancer un dossier ou le clore. L'employé que j'ai au téléphone n'a pas accès aux archives, nous n'avançons pas. Comment pouvez-vous nous aider ? demandé-je. Il marque une pause. Manifestement, la question le surprend, il ne sait pas par quel bout prendre ce mot-là. Aider ? Je réponds, oui, vous pouvez peut-être nous faire une copie de l'avis de retraite en cours ? Il dit, non, ça, il ne le peut pas, c'est la première fois qu'il est confronté à ce problème. Je ne peux pas m'empêcher de rire. Dans cette ronde insensée de documents, de formulaires et de coups de téléphone, je ne peux pas retenir mon rire à présent. Je dis, c'est fabuleux, nous sommes donc les premiers parents à avoir perdu quelque chose, nous entrons vous et moi, à cet instant précis, en terre inconnue !

Notre tête a besoin d'air, nos yeux doivent se reposer, nous nous promenons dans l'ancien cœur villageois de cette banlieue de Francfort, tout en briques, en flèches de clocher et en couronnes de châtaigniers, un toit de feuilles que l'été a mis à l'agonie. Le labyrinthe de notre enfance, dont nous avons fini par trouver la sortie pour aller dans le monde. Nous nous promenons dans le souvenir, dans un univers de personnes et de choses disparues. Les deux boulangeries n'existent plus, celles où nous pêchions des petits bâtonnets effervescents dans un bocal quand nous allions chercher du pain, le samedi, et une sucrerie au passage, le matin, en allant prendre le bus. La poste, où se croisaient ici, jadis, beaucoup de chemins, n'existe plus, à un moment donné tout le monde passait ici, apportait quelque chose ou reprenait quelque chose. On ne voit plus le cordonnier qui a fermé il y a des années l'atelier où il se penchait, entouré d'étagères pleines à craquer, sous une masse de chaussures, à la faible lumière, dans cet air imbibé de colle qui nous prenait à la gorge dès que nous ouvrions la porte. Nous traversons le lotissement ouvrier de la Farbwerke Hoechst, le dernier quartier intégralement conservé, aujourd'hui placé sous la protection des monuments historiques, et où je peux attribuer au moins, oui au moins un nom de famille à une maison dans chaque rue. De l'Art nouveau ouvrier derrière des jardins assoiffés qui réclament de l'eau, qui exigent de l'eau.

Nous traversons le petit parc vers lequel nous tirions nos traîneaux à la première neige et qui, à présent, au cours de ces semaines, est passé du vert au jaune, à un paysage poussiéreux, nous longeons des terrains de football, les dernières maisons et courts de tennis au-dessus des Lachgraben, avec vue sur la coupole blanc nacré de la Jahrhunderthalle, qui repose sous le soleil éclatant comme si elle venait d'être recrachée sur la terre par un gigantesque océan.

Lorsque nous entrons dans notre rue, nous voyons le voisin de mes parents, il sort tout juste de la maison. Quand il nous remarque, Egon ouvre grand les bras, nous allons à sa rencontre, nous l'embrassons longuement, nous regardons ses yeux bleu acier, ses cheveux blancs comme neige, son magnifique visage ridé, son hochement de tête à la Parkinson. On lit dans son regard toute la compassion qu'il nous réserve et qu'il partage avec nous, il n'est pas nécessaire qu'il dise grand-chose. À quatre-vingt-huit ans, il conduit encore sa motocyclette. Plus tard, il nous serre fermement la main, enfourche son engin et s'en va en agitant les bras dans notre direction.

Nous nous tenons sous des arbres, mon frère me raconte qu'ici, dans la couronne de ces hêtres, entre ces branches, son ami a dirigé sur lui sa flèche et son arc, et tiré. La flèche s'est plantée dans sa main, dans le triangle entre le pouce et l'index. Ils grimpaient sur la façade de la maison pour accéder aux gouttières en passant par les balcons, emprunter l'escalier était trop fade, prenait trop de temps, ils se suspendaient donc pour retrouver leurs amis au premier ou au deuxième étage et frappaient à la porte vitrée de leurs balcons. Des visages qui referont leur apparition à la cérémonie funèbre. Mon père était une partie de leur enfance, de leur croissance, un tissu d'insouciance et de jeu, de protection et de danger. L'archer viendra, lui aussi, et pleurera de chaudes larmes, plus que pour son propre père, que nous avons enterré il y a un an. Je lui demanderai, te rappelles-tu la flèche ? Il répondra, évidemment. Et il ajoutera : nous étions des enfants des rues.

Oui, il a peut-être raison, c'est peut-être ce que nous étions. Mais dans tous les cas, des êtres éparpillés, envoyés à tous les vents, des dégâts collatéraux de l'Histoire, atterris dans une banlieue francfortoise, dans une maison communautaire, répartis sur quatre étages, où se trouvaient des *displaced persons*, des apatrides, des expulsés, des gens de la zone Est, des réfugiés de Hongrie. La famille, c'étaient des racines coupées, séparées, pratiquement hors d'atteinte derrière les murs et les fils de fer barbelés, ou bien éliminées, assassinées. Nous étions sans réseau, sans sécurité, nous nous servions donc mutuellement de réseau, de famille et de sécurité. Nous fêtions avec les autres bar-mitsva et confirmation, les fils du voisin se présentaient en costume et kippa de velours, nous célébrions Hanoukka et Noël, Pessah et Pâques, on se faisait passer par les escaliers, dans toute la maison, du pain azyme et des œufs colorés, nous mangions des streuselkuchen silésiens, de la carpe farcie et du goulasch. Enfants, nous nous promenions d'un appartement à l'autre, nous étions les bienvenus, on nous aimait et on nous portait. Quand mes parents allaient danser, la voisine venait voir ce que nous faisions, comme le font d'ordinaire les tantes et les grands-mères. Nous étions l'avenir, l'avenir visible, tangible, nous avions des voix, nous avions une vie, nous vivions en liberté. Nous étions solidaires et nous ne demandions pas ce qui s'était passé auparavant, la seule chose qui nous occupait, c'était demain. L'hier était terminé. Il était dans un coffret que nul n'avait à ouvrir.

***

Chaque matin je me mets en route pour aller chez ma mère, je glisse en direction de l'ouest sur l'autoroute, à travers l'été qui ne s'achève pas, qui ne cesse de se déployer de nouveau, pour inspecter des papiers, donner des coups de téléphone et ranger. Pour l'essentiel, au cours de ces semaines-là, nous faisons de la place – n'importe quel verbe comportant la racine « place » convient et a sa légitimité, il veut de l'attention, il veut du temps : placer, déplacer, replacer, faire de la place. Nous faisons de la place dans la chambre, nous jetons des piles de médicaments, y compris les antalgiques d'Eisenstadt, ceux de la pharmacie de la rue Esterházy, dont personne n'avait plus besoin, mais sur lesquels j'avais misé et avec lesquels j'avais espéré en cette dernière soirée de juillet, légère, presque en apesanteur. Ma peau brûle, elle a commencé à brûler je ne sais quand au cours de cet été, je ne peux rien faire contre, c'est quelque chose de nouveau qui est arrivé dans ma vie, non, ce n'est pas ma peau qui brûle, ça brûle en dessous, c'est la sensation que cela donne, voilà la bonne manière de le dire, comme s'il y avait un feu qui brûle la peau de l'intérieur, à partir des vaisseaux sanguins, une braise qui reste incandescente et sur laquelle je n'ai aucune influence, que je ne peux ni éteindre ni évacuer. La peau de ma mère devient folle elle aussi, son intérieur se tourne visiblement vers l'extérieur et se dépose, rouge, sur l'épiderme, son deuil tout frais dessine des traces sur son ancienne peau, les médecins lui prescrivent des cachets et des onguents, mais cela ne sert à rien. Il faudra des mois pour que cela s'arrête, ça ne cédera progressivement qu'au printemps de l'année suivante.

Lorsque je pars, à midi, et traverse en voiture l'ancien cœur du village, je vois le médecin de famille descendre lentement sur le trottoir à proximité de son cabinet. Il y a quelques petites semaines, j'ai passé en revue avec lui la manière dont les choses pourraient se dérouler pour mon père à sa sortie de l'hôpital. Il y a quelques petites semaines, assise à son bureau, j'ai parlé de littérature, c'est lui qui avait orienté la conversation dans cette direction, qui avait exclu le discours sur le cancer et l'avait remplacé par le discours sur les livres. J'aimerais m'arrêter, lui tendre la main et le remercier, mais une seconde plus tard je préfère ne pas le faire. Partout guettent les pleurs, les pleurs soudains, incontrôlables – mieux vaut donc ne pas parler, mieux vaut l'éviter, surtout avec quelqu'un qui aimait bien mon père et ne voudra dire que de bonnes choses à son propos. Chaque jour il est vrai commence par des pleurs, c'est ainsi que s'achève ma nuit, ainsi que s'arrête mon sommeil, ainsi que commence mon matin, ainsi que j'entre dans ma journée. Après l'éveil, je me tiens à la fenêtre, je regarde dans le jardin et j'arrose de mes pleurs l'herbe et les roses, les seules plantes auxquelles cet été n'a pas pu faire de mal, qui n'ont rien perdu de leur forme, n'ont en rien dû renoncer à leur couleur. Je ne peux pas en décider moi-même, je ne peux pas choisir, je n'ai aucune influence sur le pleur que le jour m'assigne, sur le pleur avec lequel il compte m'épier, m'importuner et m'assaillir, quel pleur il me réserve aujourd'hui, en ce nouveau matin, le pleur fondamentalement désespéré, indomptable, sans écluse, ou le pleur tranquille, supportable, qui va bientôt refluer et cesser. Deux mots posent la note fondamentale, chacun en soi anodin mais cruel dans leur combinaison : plus jamais. Je ne verrai plus jamais mon père, je ne lui parlerai plus jamais. Je n'entendrai plus sa voix que dans mes rêves et mes pensées, peut-être le souvenir ne suffira-t-il plus, à un moment donné, pour la recomposer dans ma tête, peut-être l'oublierai-je.

Je roule lentement, je suis des yeux le médecin de famille, il n'est pas pressé, on dirait qu'il se promène pour se distraire, se débarrasser d'une réflexion. Personne ne vient à sa rencontre, nul ne croise son chemin, quelque chose le porte à travers le centre du village comme s'il allait planer, dans les ruelles étroites et jusqu'à l'église catholique où il tourne dans l'ombre pointue du clocher et disparaît en direction du cimetière. Depuis un certain temps, je ne suis plus sûre que les choses soient telles que je les vois, que ce n'est pas mon esprit qui me joue des tours, qui me fait tourner en bourrique, qu'il joue avec moi à des jeux rusés ou anodins. Mais à la lumière du soleil, en cette fin d'été, dans les rues vides de ce silence de midi, on dirait qu'il va planer ainsi jusqu'au cimetière, et c'est peut-être bien ce que font les médecins, c'est peut-être précisément ce qu'ils font entre midi et deux heures, ils volent pour rejoindre leurs anciens patients dans les cimetières, ils ont peut-être un truc pour les rencontrer.

J'arrête la voiture devant l'église et je descends, je veux me consoler avec un bouquet de fleurs, je veux le disposer dans le plus grand de mes vases, à la maison, et le placer devant une photo de mon père, je veux un petit autel domestique pour les adieux. La fleuriste est une nouvelle, je demande, qu'est devenue votre prédécesseuse ? Cancer, répond-elle tout à trac en nouant mon bouquet, c'est pour cela qu'elle a repris la boutique. Mais voilà que ça lui est tombé dessus à elle aussi. Oui, tombé dessus, dit-elle. Le même truc, la même chose, ça n'est pas fou, ça ? Oui, ça l'est, me dis-je, aussi fou que cette vie folle avec ses pièges fous. Elle dit qu'elle doit être opérée, mais elle ne peut en aucun cas fermer la boutique pour le moment, elle ne sait pas comment ils voient les choses à l'hôpital. Vider l'eau des vases, vendre les fleurs, les donner ou les jeter, tout laisser en plan, tirer le rideau et disparaître ? Accrocher un panonceau : fermé cause cancer ? Elle est prise en charge par le service d'oncologie de Höchst, il paraît qu'il est très bon, poursuit-elle, qu'il a une très bonne réputation. Je ne peux m'empêcher de penser au lieu et à l'heure du diagnostic, à la jeune doctoresse dépourvue de fil d'émotion, à son « incurable », à son « Ellécossa ».

Je ne dis rien. Si ce n'est à moi-même, en silence, tu n'y échapperas pas, à ce rayon du service d'oncologie de Höchst. Il te capture et t'encercle, il tend même les bras dans ta direction, jusque dans cette petite boutique de fleuriste au coin de la rue, qui n'a strictement rien à voir avec toi et avec ta vie, dans laquelle tu n'es là que par hasard, tu pourrais aller acheter tes fleurs dans n'importe quel autre magasin de ce monde, mais tu viens les acheter ici. La fleuriste prend les tiges, dispose les roses et les dahlias aux couleurs ardentes de la fin de l'été, un feu de rouge, de jaune et d'orange, elle se retourne vers moi et dit, elle doit repousser l'opération, elle n'a pas le temps, elle doit d'abord trouver quelqu'un pour la boutique, et si elle n'y arrive pas, elle va devoir fermer, bref, elle n'a absolument pas le temps pour une opération, plus tard, oui, plus tard, peut-être, plus tard ça pourrait aller, plus tard elle pourrait peut-être arranger ça et je me dis, non, dans notre vie, nous n'avons pas de place pour la maladie, la maladie n'est pas prévue dans le tumulte de notre vie quotidienne, nous ne la pensons pas avec elle, nous n'avons pas de réflexion libre pour elle, elle n'a pas de place dans l'ordonnancement, l'alignement dense de nos journées, même la mort n'en a pas. Seules les personnes âgées ont du temps et de la place pour les maladies et gardent une pensée en réserve pour elles, seules les personnes âgées peuvent s'aménager la mort et, d'une manière générale, se la permettre. Je dis, ne reportez pas, n'y pensez même pas. Faites-vous opérer immédiatement. Elle me regarde, ahurie, et je répète : ne reportez pas, ne perdez pas de temps. Puis je prends mon bouquet et je m'en vais.

***

Il y a cinq ans, le cancérologue avait dit à mon père, il y a huit chances sur dix que ça finisse bien pour vous. Les chances étaient réparties ainsi, c'est ce que disaient les statistiques, c'est ce qu'exprimaient les enquêtes et leurs chiffres, et nos réflexes d'espoir s'étaient ainsi mis en marche. Nous pensions aux huit, rarement aux deux, nous nous choisissions le meilleur, le chiffre le plus important, la dimension temporelle plus longue, la variante plus douce, nous tendions la main vers elle comme par réflexe, nous avions la force de croire, nous en avions suffisamment. Une chimio, et en échange cinq années offertes, une vie prolongée de cinq ans, voilà comment nous pouvons voir ça aujourd'hui. Et cinq années, c'est beaucoup. Ce n'est pas suffisant, mais c'est beaucoup. C'est très peu, mais beaucoup. Ridiculement peu, mais beaucoup. Cinq années à cultiver le jardin. Cinq années à regarder les pommes mûrir sur l'arbre, les vers s'y attaquer. Cinq années à voir le feuillage prendre des couleurs vives et tomber. À le balayer pour en faire un tas. Cinq années à fêter la Saint-Sylvestre, à trinquer et, peu avant minuit, à envoyer des vœux en direction d'un ciel à travers lequel se déchaînent pétards, sirènes et fusées. Cinq ans à regarder les petits-enfants grandir. À regarder leurs visages se transformer, leurs mains et leurs pieds pousser, leur voix devenir plus grave, leur raison, leur langage, leur goût du débat, leur résistance prospérer et avancer. Cinq années à voir, à penser, à sentir. À rester assis dans le village hongrois, sous l'acacia, dans le jardin d'Éden, à contempler les vignes. À respirer l'été. À nager dans le lac. À plonger dans les vagues, sur le rivage, pour une telle *jó uszás*. Pour une si bonne et longue nage au large, avec le soleil et l'eau comme témoins.

De tous les patients atteints de cancer que je connaissais, il n'y avait qu'une seule histoire de guérison à raconter, seule une femme avait échappé au cancer, elle l'avait surmonté grâce à la chimio et chassé de sa vie. Les autres étaient morts, après trois mois ou trois ans, avec de grandes souffrances et un corps dévoré et rongé, ou bien rapidement et presque paisiblement. J'ai accompagné mon père pour ses premiers examens et nous avons tous mieux respiré lorsque les résultats ont montré qu'il n'y avait pas de métastases au cerveau, nous avons respiré quand ils ont dit que les organes étaient intacts, nous avons respiré quand ils ont dit que la moelle épinière était intacte, nous avons respiré quand ils ont dit que la tumeur était à un seul emplacement et qu'on pouvait l'en chasser. Nous respirions. Par la suite, mon père prit le taxi. Sa caisse maladie lui avait remis des bons, l'hôpital une liste de quarante compagnies de taxi – les dix premiers avaient refusé tout de suite de se charger de lui, parce que la caisse payait trop peu, la onzième avait été disposée à acheminer mon père, qui avait dû attendre une heure au premier départ. Mais mon père ne se plaignait pas, ça n'avait jamais été son genre, de se plaindre de choses comme celles-là, il m'avait posé comme toujours la main sur le bras pour me faire comprendre : pas de cinéma, s'il te plaît, pas pour ça.

Il entra dans ses fonctions de malade, se présenta pour sa première séance, se fit mettre en liaison avec son premier tuyau de chimiothérapie, sa perfusion, administrée à différents intervalles pour évaluer ce qu'il pouvait supporter. Six cycles l'attendaient, de nombreuses heures au goutte-à-goutte toutes les quatre semaines. On lui remit une pile d'ordonnances, pour et contre tout ce qui pouvait arriver, il tenta de maîtriser le flot et se mêla aux nombreux patients, dont des femmes portant perruque ou foulard pour dissimuler leurs têtes chauves. Un spectacle auquel il nous fallut d'abord nous accoutumer. Tout comme au fait qu'ils étaient tellement nombreux que derrière ces portes, on se serait cru dans un pigeonnier. À chaque fois, cinq ou six personnes attachées à leurs tuyaux, allongées ou assises dans leur chambre, la plupart plus jeunes ou nettement plus jeunes que mon père – des femmes et des hommes de quarante ou cinquante ans à la vue desquels je me mis aussitôt à me dépeindre leur vie domestique, qui pouvait bien les attendre chez eux, entre l'angoisse et l'espoir. Au cours des heures pendant lesquelles sa perfusion coulait lentement, mon père puisait de la force dans les mots des autres, qui lui disaient ne pas souffrir de mauvais effets secondaires et que tout suivait le cours désiré. Nous nous y tînmes tous fermement, je me mis à écarter les histoires que j'avais entendues à propos de chimiothérapies dont les effets secondaires étaient insupportables. Seule une phrase que j'avais attrapée un jour au vol ne se laissait pas chasser. Elle ne cessait de me revenir, obstinée et stupide : Ou bien tu meurs du cancer, ou bien tu meurs de la chimio. Il n'y a pas d'autre choix.

Je ne savais pas à l'époque comment je pouvais dire à mes enfants que j'avais peur de leur peur, je me suis longtemps demandé à quel moment de la journée je pourrais l'exprimer, dans quelle cellule temporelle de notre quotidien, sur quel ton de voix, avec quel visage, quel vocabulaire, quels mots. Papy a un cancer – exclu. Papy est malade, c'est pour ça que ses cheveux sont tombés. Peut-être quelque chose dans le genre. Je me suis promis de regarder mon père sans cheveux et de ne pas pleurer, une grande mission, une entreprise d'une certaine ampleur. Non pas parce qu'il n'aurait pas de cheveux, mais parce qu'il porterait à l'extérieur ce qui voulait se produire dans ce corps. J'avais rapidement fait comprendre à ma mère que mon père devait se faire couper les cheveux et raser sa barbe pour qu'il ne les effraie pas lorsqu'il aurait tout perdu. Les femmes que je connaissais s'étaient aussitôt séparées de leur longue chevelure pour atténuer l'effroi lorsqu'elle tomberait, peu après la première chimio. Une amie qui n'avait pas pris cette précaution m'a raconté combien cela avait été atroce de voir ses longs cheveux blonds qui s'étaient détachés dans la nuit et reposaient, au matin, sur son oreiller.

Lorsque sa thérapie a commencé, il y a cinq ans, mon père m'a dit : au cours des semaines qui viennent, s'il te plaît, pas de questions sur la maladie, profitons du soleil au jardin et ne parlons pas du cancer. J'ai donc commencé à me taire et j'ai acheté au marché des roses de Pentecôte d'un rose criant. Ensuite, elles se sont tenues dans mon vase, sur ma table, et elles sont devenues les témoins de ce printemps. Nous avancions à petits pas et nous comprenions peu à peu que ce ne serait pas un été au cours duquel mon père se rendrait à l'hôpital toutes les quatre semaines et où tout pourrait rester inchangé. Mais je m'en suis tenue à l'idée que le cancer serait freiné, que mon père retrouverait ses étés en Hongrie et qu'il continuerait à avoir ses hivers avec nous, ici. Que sa vie continuerait, et notre vie avec lui aussi. Mon père ne se plaignait pas, il tenait bon. Mais moi, j'ai commencé à vivre entre l'espoir et la peur, j'oscillais constamment entre l'espoir et la peur à l'idée que mon père, cet été, marcherait avec un chapeau, mais que le cancer resterait et grandirait tout de même. Depuis cet été, nous avons tous vécu par intervalles de trois mois, père, mère, fille, fils, par sections de trois fois trente jours, nous avons respiré à chaque contrôle et célébré la vie reconquise. Encore trois mois de temps offert, encore trois mois en liberté, trois mois d'une angoisse qui décroît et se tarit. À l'époque a germé et a poussé en moi ce besoin de me mettre tout à coup en route et de partir pour voir mon père. De le toucher tant qu'il était chaud, là et vivant.

***

Nous commandons des couronnes, des compositions de lys et de roses pour la cérémonie funéraire. Je ne comprends pas comment on peut demander à renoncer aux fleurs dans un avis de décès, je trouve qu'il ne peut pas y en avoir assez, il faut que ce soit une mer de couleurs, dans toutes les variantes et toutes les formes, chargée de tous les signes et de toutes les preuves bigarrées de la vie. Ce sont précisément ces mots prédécoupés et toujours semblables qui font jaillir mes larmes : Avec amour et reconnaissance. Tu nous manques. Merci pour ton amour. En guise d'adieu. En deuil silencieux. Oui, nous sommes reconnaissants. Oui, tu nous manques. Oui, nous te faisons nos adieux. Oui, tout cela est vrai, tout est exact, tout est précisément comme cela. Et oui, nous portons le deuil en silence, notre deuil est silencieux. À moins que cela ne soit pas vrai ? N'est-il pas plutôt bruyant, d'un bruit assourdissant ? Ne suis-je pas obligée de me boucher les oreilles en permanence ?

Il nous faut du temps pour nous décider, nous avons même besoin de temps pour les couleurs des rubans de deuil, les couleurs du tissu et celles du texte, le choix nous pose problème, comme s'il s'agissait d'une question effroyablement importante, décisive, allant bien au-delà de l'ornementation florale. Quand nous sortons dans la cour, Egon passe devant nous sur sa motocyclette, le vent s'engouffre dans ses cheveux blanc neige, il tourne devant l'église, rit et nous fait signe. Un sentiment de bonheur m'envahit en le suivant des yeux, un vieil homme sur sa motocyclette, un vieil homme qui vit. On a frappé trois fois bruyamment à sa porte à l'instant où sa voisine est morte. C'est ce qu'il nous a raconté. Même ici, à Francfort, ce genre de choses arrive encore, on émet et l'on reçoit encore des signes. Quand il a ouvert, il n'y avait personne.

Plus tard, je suis prise de panique, je crains qu'ils se trompent en écrivant nos noms, nos noms hongrois compliqués qu'ils ont inscrits dans un grand cahier, je crains qu'ils échangent les lettres « s » et « z » ou qu'ils les oublient, qu'ils mettent les accents là où il ne faut pas. L'idée que dans la salle funéraire se trouvent des couronnes aux noms fautifs, que des rubans aux noms mal orthographiés sont déposés sur la tombe de mon père, cette idée-là est insupportable. Même si je me trouve stupide, je passe un coup de téléphone et je fais part de mes scrupules à la patronne, elle me tranquillise et lorsque j'entre de nouveau dans la boutique deux jours avant les obsèques, elle dit aussitôt, vous avez peur à cause des noms, mais elle l'accentue comme si elle voulait dire : n'ayez pas peur à cause des noms, c'est inutile. Le soir, elle m'envoie sur mon portable des photos des rubans. Blanc sur vert, or sur blanc. Avec amour et reconnaissance. Tous les noms sont correctement orthographiés, les accents sont eux aussi à la bonne place.

***

Lors du dernier voyage estival en Hongrie, mon père nous avait encore une fois raconté que pendant l'insurrection de l'automne 1956, il avait pris le train pour Budapest comme pour une simple excursion dans la capitale, un jour comme n'importe quel autre, qu'il avait naïvement et sans peur franchi une écluse de silence au milieu de la tempête, dans l'œil du cyclone. Il allait voir sa tante : il devait apporter de la nourriture à la famille. Nul ne savait s'ils pouvaient s'approvisionner, acheter quoi que ce soit au cours de ces journées, on envoya donc mon père muni de cabas bien remplis, avec de la soupe, de la viande, des pommes de terre et du riz dans une gamelle en fer-blanc. Budapest était paralysée. Endormie, crépusculaire, sans mouvement dans les rues. Le temps mis entre parenthèses, les aiguilles de l'horloge arrêtées. Après le volume des derniers jours, le bruit des manifestations et des affrontements, le silence s'était déposé sur les toits, sur le fleuve et ses ponts flottants. Une mégalopole dépouillée du cours bourdonnant de son quotidien, sans circulation, sans voix, sans bruits et sans tonalité, muette et gelée, comme prisonnière d'une couche de glace – ses volets clos, ses rideaux tirés, ses portes fermées, ses portails verrouillés. Mon père n'entendait que ses propres pas, que le claquement de ses chaussures, comme s'il était l'unique être humain dans ce lieu et à cette heure, comme si toutes les maisons, tous les logements, tous les édifices de la vie publique étaient vides. Il croyait encore à un changement de régime, personne ne savait encore que les blindés soviétiques étaient prêts à mettre un terme à l'insurrection et à déclencher le flot des fugitifs. On les appela les jours du calme céleste. Et dans ce répit trompeur, dans cette petite fenêtre, ce trou de souris qui s'ouvrit, pour une brève période, pour une minuscule reprise de souffle de l'histoire, on avait envoyé mon père apporter à la ville la nourriture de la campagne.

Il m'a déjà décrit cette scène autrefois, nous avons eu du mal à retenir notre rire face à tant d'intrépidité, en entendant comment ce jeune homme, sur lequel la Sécurité d'État se renseignait au même moment à Miskolc, s'était rendu dans les trouées désertes que dessinaient désormais les immeubles de Budapest, seul parmi les témoins muets des combats, franchissant les traces déposées par les éclats de verre et les fragments de bois dans les rues et sur les trottoirs, le silence uniquement brisé par le claquement, le bruit presque chantant de la gamelle en fer-blanc qui battait contre sa jambe. Arrivé gare de l'Est, il avait sauté du train, avait franchi le portail, suivi du regard par les anges du hall d'entrée, et avait avancé dans la ville silencieuse, en direction du sud. Non pas par les boulevards circulaires, ni par la Rákóczi út, ni par la József körút, mais par les rues étroites qui couraient derrière, à travers le gris de Budapest, pour rejoindre l'un des grands immeubles de location du bas de Josefstadt, Józsefváros, huitième arrondissement, tout en arrière-cours et en fenêtres obscures, où sa tante regardait depuis le haut de la galerie et tenait les mains jointes sur sa poitrine, incapable de croire que son neveu était en train de monter les marches pour la rejoindre, qu'on l'avait vraiment envoyé pour qu'il pose une gamelle sur la table de la petite cuisine et qu'il serve la soupe.

1956 semble avoir été une année effacée, refoulée, pour la génération suivante, un simple millésime dans le cours d'histoire, et non la profonde coupure qui a blessé et paralysé le pays. Il est certain que 1989 est la date la plus importante des deux, la rupture, le tournant dans leur mémoire. Et plus 1956. Lorsque notre logeuse à Balatonfüred nous a demandé avec étonnement où j'avais appris le hongrois, car en dehors des frontières de ce pays nul ne parle ni ne comprend cette langue folle et exagérément complexe, j'ai répondu : mes parents viennent de Hongrie. Et comme si ce n'était pas une déclaration suffisante, comme s'il m'avait fallu apporter un complément pour expliquer le contexte, j'ai ajouté : ils ont quitté le pays en 1956. Normalement, cela suffisait, 1956 était la grande série de chiffres magique qu'il suffisait de faire tomber pour effacer toutes les autres questions et pour laquelle on récoltait toujours au moins un hochement de tête chargé de signification et de gravité. Dire, ce sont des gens de cinquante-six, ça impliquait d'être aussitôt classé dans le flot qui, cette année-là, avait dû quitter sa patrie et avait contribué à l'amaigrir encore, on n'avait pas besoin d'en rajouter. Mais cette jeune femme, à Balatonfüred, semblait ne pas le savoir, cette année paraissait ne jouer aucun rôle dans son esprit et dans les ramifications de celui-ci. Lorsque j'eus prononcé ce nombre, lorsque je l'eus placé entre nous comme une offre qu'elle aurait pu accepter, lorsque je l'ai eu laissé résonner deux secondes, il n'a rien animé sur son visage, rien changé à son expression. Elle m'a regardée comme si elle voulait dire : oui, et alors ? Qu'est-ce que ça veut dire, s'il vous plaît, des gens de cinquante-six ?

***

Nous achetons une tombe. Nous sommes lundi matin, neuf heures, et nous achetons une tombe. Nous sommes venus à trois pour la choisir, mon frère, ma mère et moi, par cette chaude journée ensoleillée, au cours de cet été qui ne cède pas, qui ne se rend pas, qui ne veut pas s'estimer satisfait et arrêter de brûler les champs et les prairies, cet été qui a pris des dimensions angoissantes, cet été dans lequel nous sommes devenus petits et insignifiants. Chacun veut la voir et participer à la décision, cela doit aussi bien convenir à chacun qu'une tombe peut convenir. Pour nous, aujourd'hui, c'est le temps de l'achat des tombes. C'est la première tombe que nous achetons. Pour nous, c'est la première fois. Le choix d'une place en cavurne, le nom que l'on donne au caveau souterrain dans lequel on descend l'urne contenant les cendres. Nous avons rendez-vous avec le collaborateur du bureau du cimetière, il avance doucement à notre rencontre, dans l'ombre des arbres, ses pas dissocient l'obscurité et la lumière sur le chemin de gravier que dessinent ce matin le soleil et les feuilles, il s'accroche à ses plans et ne nous tend pas la main. Il est le premier à ne pas nous exprimer ses condoléances. Je les attendais presque, au cours des derniers jours c'est la phrase que prononcent toutes les personnes à qui j'ai eu affaire. Tous nous les ont exprimées, même l'homme de Tchibo Mobile avec lequel il était question de résiliation et d'un reliquat de trois euros vingt-neuf. Peut-être cette unique phrase lui prend-elle un temps inutilement considérable dans son travail quotidien, un temps auquel il ne peut pas renoncer, peut-être a-t-il perdu l'usage de sa compassion, peut-être ne la consacre-t-il plus qu'à lui-même, parce qu'il vend des tombes et que ce n'est certainement pas un métier réjouissant. Peut-être a-t-il commencé avec un équipement de base, une réserve de compassion, peut-être avait-il encore de l'empathie voilà des années, mais le niveau a baissé avec le temps, elle s'est usée et élimée comme un vieil habit à force de vendre des tombes. Pour nous, il n'en a plus en réserve.

Ça ne va pas vite, choisir un emplacement prend du temps, parce qu'on ne s'ôte pas de l'idée que ça doit suffire pour l'éternité, que ça doit pouvoir rivaliser avec l'éternité. Ce sera l'unique lien visible entre nous, les vivants, et le mort. Le lieu qui annonce l'au-delà, mais devant lequel nous pouvons encore nous rencontrer, du moins de cette manière austère, sans son, sans voix, sans contact. Bien que le choix soit réduit, il faut du temps pour trouver parmi les quelques rangées dans l'herbe une place qui pourrait convenir, plutôt à l'avant, plutôt à l'arrière, plutôt au milieu, plutôt à droite, il n'y a pas beaucoup de possibilités sur cette pelouse des morts, une place identifiée et allouée. Même si l'été a été conforme aux représentations de mon père, chaud, sec et grand – gigantesque –, le gazon a un aspect lamentable après cette période sans pluie, on dirait un champ récolté grossièrement, à la hâte, avec négligence, parsemé d'emplacements bruns et nus, couvert çà et là de feuilles desséchées dont les arbres se sont d'ores et déjà délestés. Ma mère ne peut pas supporter l'idée que des feuilles du hêtre pourraient pleuvoir sur la tombe, que l'automne pourrait recouvrir la plaque, le nom de mon père, ses dates de naissance et de mort. Ce ne sera donc pas la place sous le hêtre, celle que j'avais souhaitée parce que mon père était un amoureux des arbres, un de leurs admirateurs. Nous nous mettons d'accord pour une tombe située dans l'axe de vision du banc. Je signe, c'est moi la titulaire du bail, je loue pour les vingt-cinq années qui viennent une cavurne en pelouse avec possibilité de dépôt central, portant le numéro A 0218 et la désignation UG Pelouse. À l'automne, quand ladite pelouse se reposera, nous pourrons nous asseoir sur le banc et regarder, de l'autre côté des rangées, la tombe de mon père.

***

Le pasteur ne viendra pas à l'enterrement. Ce n'est pas un sacrement, c'est donc le référent pastoral qui s'en occupe, le pasteur, par manque de temps, refuse d'assurer les enterrements. Il est d'une manière générale beaucoup question de temps quand on parle de la mort, alors que pour le mort le temps ne joue justement plus aucune espèce de rôle. Pour moi aussi, le temps a perdu de sa signification, le regard que je porte sur lui se transforme également. La mort sème en moi le doute à son propos et à propos de sa mesurabilité. L'occupation du funérarium est limitée à une demi-heure et dans notre cimetière on n'enterre que le vendredi. Le deuil et les pleurs, c'est donc seulement le vendredi, et pas plus d'une demi-heure, le deuil et les pleurs, c'est seulement jusqu'à ce que les suivants soient devant la porte. Mon père se rendait au culte, après la première chimio, le dimanche, il allait s'installer sur un banc du temple afin de remercier pour le temps qui lui était offert, il a payé l'impôt religieux pendant plus de soixante ans – et voilà que le pasteur ne vient pas à son enterrement. Quelque chose tourne dans ma tête et dans mon ventre, quelque chose en moi déclenche ce carrousel, je ne me défais pas du sentiment que ce n'est pas juste, pas complet, pas suffisant. Je me présente au bureau de la paroisse, j'expose mes objections au référent, il montre de la compréhension, je parle au pasteur, il reste sur sa position.

Le funérarium de notre cimetière local est fermé pour travaux, cela fait longtemps qu'il est caché par un échafaudage, je ne vois jamais, ces jours de cimetière, d'ouvriers qui feraient avancer les choses, qui provoqueraient un mouvement quelconque, quelque chose qui se passerait. Au cours de ses derniers mois, les chantiers ont accompagné mon père, ils nous ont tous accompagnés, les échafaudages et les rues barrées ont fait partie de notre vie, les matériaux de construction et les gravats dessinent une ligne jusqu'au cimetière. Comme l'ensemble du pâté de maisons, l'appartement de mes parents avait fait l'objet d'une réhabilitation, mes parents avaient vécu au son du marteau-piqueur et dans la poussière blanche qui couvrait les escaliers, les portes du logement toujours grandes ouvertes, les cris des artisans qui entraient et sortaient en laissant leurs traces sales, le tremblement, les coups et les mugissements qui accompagnent la rénovation d'un grand immeuble de location. Mes parents ont dû quitter les lieux et s'y réinstaller des semaines plus tard, aménager provisoirement leurs affaires dans leur appartement de remplacement où ils dormaient non pas dans leur lit, mais sur un matelas à même le sol, puis refaire leurs cartons. Leurs journées n'étaient que tri et rangement, je les voyais toujours mettre des objets à l'abri dans les cartons de déménagement ou les en sortir – une scène secondaire bruyante et noyée dans la crasse, une pesante mission supplémentaire. Comme si l'on avait tenté de charger autant que possible les épaules de mes parents, comme si la maladie ne suffisait pas. Comme s'il leur fallait obligatoirement des défis supplémentaires pour le soir de leur vie, pour une fin de vie comme celle-là.

Pour la cérémonie funéraire, nous devons nous rabattre sur le village voisin et revenir ici pour l'inhumation de l'urne. Un enterrement partagé, découpé – un obstacle, un détour, une erreur de plus. Mon père y est-il pour quelque chose ? Trouve-t-il que nous nous sommes trop facilité la tâche en décidant d'installer la tombe à Francfort ? Et que nous devons donc marcher sur un chemin semé d'embûches ? Après le funérarium, notre cortège automobile se met en route comme pour un mariage afin d'accompagner les cendres à leur tombe. Nous ne pouvons pas simplement nous rabattre sur l'église catholique pour parcourir, de là, les quelques pas qui mènent au cimetière. Le pasteur me l'a proposé, mais cela supposerait de nouvelles démarches administratives, la ville doit le permettre, l'église doit le planifier, nous devons demander des autorisations, rassembler des attestations, des tampons et des signatures. Je n'ai pas la force de recevoir de nouvelles phrases en « non », j'ai déjà entendu et collecté trop de phrases en ça n'est pas possible cette année, je suis emplie de phrases en « ça n'est pas possible » et je n'ai aucun emplacement libre où je pourrais loger une autre, une nouvelle phrase en « ça n'est pas possible ». Et ça ne convient pas non plus à mon père, les phrases en « non », ça n'a jamais fait partie de son répertoire. Je n'ai jamais entendu de sa part une phrase en « non », une phrase en « ça n'est pas possible ». Tout allait. Tout allait toujours. Tout était possible, à n'importe quel moment. On ne peut pas faire ça, nous ne pouvons pas, ça n'est pas possible, nous n'avions encore jamais – ce n'étaient pas des phrases de mon père. Il n'avait strictement aucun vocabulaire pour cela.

***

De quoi ai-je honte ? demandé-je par l'une de ces matinées tout en tenant fermement mon verre de café près de la fenêtre et en scrutant le ciel, en me dépeignant comment et où, dans quelle éternité concevable inconcevable les choses se prolongent pour mon père. Qu'est-ce qui me ronge ? Qu'est-ce que je me reproche ? Sûrement pas de nous être disputés à cause des médicaments, parce que nous avions toujours essayé de convaincre notre père de prendre ses analgésiques. Nous le pressions, nous l'implorions, nous l'en avions chargé, nous l'avions prié, nous avions tenté de lui arracher la promesse. Ne pas se torturer, laisser du répit à son corps, lui permettre de se remettre de la douleur, marquer des pauses dans la douleur, s'accorder des temps dépourvus de douleur – des heures, des minutes, des secondes sans douleur, oui, des secondes. Nous l'avions imploré dès le premier jour, mon frère au téléphone, moi sur le canapé du séjour de mes parents, quand les ordonnances avaient été établies et que les médicaments étaient à sa disposition, quand les notices avaient été marquées au stylo rouge et les emballages annotés par le pharmacien : toutes les quatre heures, trois fois par jour, deux fois par jour, selon les besoins. Ne pas enlever le patch à la morphine ! S'en servir, l'utiliser ! Le prendre, tout simplement ! Oui, bon sang, le prendre ! Le sortir de son étui étroit, ôter précautionneusement la bande adhésive, poser le patch sous l'épaule et appuyer. Même au cours des dernières semaines, lorsque les douleurs ne lui laissaient plus une seule nuit de sommeil, il y avait renoncé. Sa raison était plus importante à ses yeux, il voulait garder la clarté de sa raison, c'est pour elle qu'il avait peur, c'est d'elle qu'il se souciait, elle, il ne pouvait pas la mettre en jeu. Abandonner la clarté dans son esprit, l'embrumer – pour lui, c'était impossible.

Mais d'où vient ma honte ? Ce qui me dévore, c'est cette semaine où je ne suis pas allée le voir, où je ne lui ai pas parlé, c'est elle qui fait résonner en moi cette note de reproche, qui me traîne au tribunal, qui me fait devenir ma propre accusatrice. Même au cours des mois qui viennent, de toute l'année à venir, cela ne cédera pas, cela ne s'amoindrira pas, ne s'adoucira pas pour moi, ces sept jours vont me poursuivre et s'imposer à moi, ils reviendront régulièrement, à brefs intervalles, pour se poser devant moi. Parce que j'ai été suffisamment peu perspicace et assez aveugle pour laisser passer, pour laisser tomber une semaine, sept jours qui auraient encore pu nous appartenir, pour ne pas les remplir et les utiliser, pour les laisser au contraire s'écouler irrévocablement. Parce que j'ai été suffisamment bête et dispendieuse pour jeter négligemment sept journées sur le petit nombre de celles qui nous restaient, sept fois vingt-quatre heures qui me manquent à présent et qui, rétrospectivement, ouvrent une faille, du temps que j'ai abandonné sans nécessité, sans motif, bien que je n'aie disposé de rien de plus précieux, que je n'aie rien eu de plus précieux que le temps.

Et mon accès de colère dans la rue. À la chaleur de la mi-journée, devant la voiture. J'ai tenté de persuader mon père de m'accompagner à la banque, il s'agissait de procurations, ces choses qui vous détruisent le système nerveux et que je voulais régler ne serait-ce que pour épargner à ma mère de faire la queue en pleurant dans sa succursale de la Caisse d'épargne au seul motif que quelque chose avait été négligé, que quelque chose n'avait pas été fait, ce dont d'autres veuves avaient déjà fait l'expérience. Mon père était fatigué, il devait se reposer, il était épuisé et voulait rentrer chez lui, il faisait non de la tête, s'accrochait fermement à sa canne, et moi je me tenais devant lui et je m'énervais. J'étais incapable de mettre un terme à notre dispute. Je ne voulais pas voir qu'il n'avait pas la force, je ne voulais pas comprendre que ça n'était pas possible à cet instant, que rien n'était plus éloigné de ses préoccupations qu'un problème de signature dans une succursale de la Caisse d'épargne. Je ne voulais pas voir qu'il était malade. Une soupape quelconque s'était ouverte dans mon esprit, quelque chose produisait cela en moi, je ne sais quel afflux de sang dans mes veines écumait et débordait.

***

Nous choisissons le restaurant. Nous n'avons pas à nous casser la tête, il n'y a que deux auberges dans le village et une seule assure un service à midi. Une entreprise familiale, elle tient depuis des décennies, dans les remparts du vieux cœur de bourg où elle forme un triangle avec l'église et le cimetière, c'est tout récemment que le fils a pris la succession des parents. Il a le monopole des repas d'enterrement, il faut réserver en temps utile. Le vendredi, après la cérémonie, toutes les assemblées de deuil sont chez lui, le vendredi après le cimetière on se sèche les larmes chez Djuvec et Pljeskavica, devant un café et une slivovitz brûlante, assis à des tables en bois toutes simples. Je vais faire un essai avec ma mère, nous ne pouvons pas supporter l'idée de rester assises à une longue table parmi des gens qui mâchent quelque chose d'immangeable. Tandis que, derrière les vitres, les rues et les maisons somnolent au sommeil de midi et que les arbres attendent toujours l'eau, nous nous faisons servir du poisson et de la viande, de la salade, des légumes.

Le patron nous offre deux slivovitz brûlantes, son front porte les perles de sueur du travail et de la fournaise, il pose les verres sur la table et nous exprime ses condoléances. Il trouve le ton juste, cela paraît sensible et authentique, ni exagéré ni mécanique, juste sensible, aimable et authentique. Il y a ces tonalités, j'arrive à présent à les extraire, à les filtrer et à les classer. Je peux distinguer les condoléances mécaniques de la véritable empathie, dans cette tessiture multiple de la compassion où l'on trouve d'innombrables nuances entre l'intensité et l'indifférence, dans l'interaction du regard, de la voix et du contact physique. Il existe des tonalités fausses qui vont avec un visage faux, des tonalités fausses avec un visage juste et inversement, et puis il y a le visage juste avec la tonalité juste.

***

Chaque matin, je tente de me figurer l'enterrement. Des amis disent qu'à cette occasion ils ont pleuré toutes les larmes de leur corps. Une amie me raconte qu'à l'instant décisif elle a quitté le funérarium. Oui, quitté, simplement. Tout est permis, dit-elle, se lever, partir, pleurer toutes les larmes de son corps, s'effondrer. C'est un processus technique, mécanique, disent d'autres, comme un film dont la bobine se déroulerait toute seule, dont on regarderait le décor comme un figurant qui n'a rien à y faire. Tous disent : ça passe, et d'une manière ou d'une autre tu le surmontes. Je me réveille donc le matin et j'imagine l'enterrement. Je reste encore un moment couchée dans mon lit, j'observe le plafond de la chambre et j'imagine. Je passe à la cuisine, je mets de l'eau à chauffer pour le café, je regarde le jardin, la nouvelle journée d'été, le nouveau jaune dans le feuillage, et je me la représente. Il me reste encore un peu de temps pour me frayer un chemin à tâtons dans mes pensées, pour m'approcher du jour, de ce jour et de moi dans ce jour.

En pensée, le matin de l'enterrement, je repousse la couverture et je me lève, en pensée je bois mon café à la fenêtre de la cuisine, j'explore à tâtons, du regard, les buissons, l'herbe, en pensée, plus tard, je passe le trench-coat noir et je porte nos fleurs à la voiture. Je me molletonne de pensées pour pouvoir traverser cette journée et la surmonter. En pensée, je tente de me rassembler face à elle, de me remettre d'aplomb en elle. De ne pas échouer sur elle, simplement.

Je me rends au funérarium, sous un ciel d'un bleu rayonnant, j'emprunte l'autoroute en direction de l'ouest, je dépasse Höchst, toujours avec ce sentiment creux et terne, les panneaux annonçant la sortie Höchst apparaissent et défilent sur ma droite. Je veux avoir vu le funérarium une première fois avant cette matinée, je veux y être allée et l'ancrer dans mon imagination, je veux connaître le chemin, ne pas avoir à le demander, ne pas devoir chercher et tâtonner. Le matin dit, je veux y aller à l'aveuglette. Le funérarium est fermé, c'est un bâtiment Art nouveau badigeonné de blanc sous des couronnes d'arbres denses et qui virent au jaune, un édifice issu des grandes heures des ouvrages colorés, lorsqu'on créa les quartiers de Francfort Westend. Je pose mes mains sur la porte vitrée, je la heurte avec le front et le nez. Sols et murs sombres, chandeliers austères, un mélange de brun et de gris, une vision sinistre.

Mon amie pastoresse me dit plus tard que les funérariums sont souvent des lieux indignes, des fragments mal aimés, reculés et oubliés de l'administration municipale. Qui n'était pas auparavant porteur d'une effroyable tristesse en sera affligé ici, au plus tard. La mort, me dit-elle, est repoussée dans le dernier coin crasseux, on n'imagine pas dans quels cagibis elle doit parfois se préparer. Nous devrions tout de même avoir du respect pour la mort, pour quelque chose d'aussi grand que la mort. J'ai peur, dis-je, qu'une vanne s'ouvre et que je ne puisse plus me dominer. Ça n'arrivera pas, répond-elle, ce matin-là ton corps va produire une énorme quantité d'adrénaline, tu peux te fier à cela. Pense au souffle, respire. Respire vers le ventre, pas vers la poitrine, respire vers le bas. Tout le monde y arrive, tu y arriveras aussi. Une seule fois, me raconte-t-elle, elle a dû interrompre une cérémonie funéraire parce que la mère de l'enfant mort n'en pouvait plus. Mais on a continué, là aussi, après une pause.

***

Nous avons beaucoup appris de notre père. La pensée libre, le pouvoir de nous affirmer et de nous imposer. Le fait qu'un système est toujours le produit des humains qui le composent. Que vous bénéficiez d'un espace de décision. Parfois minuscule, de la taille d'une fourmi, parfois gigantesque, gigantesque au point de prendre des décisions sur d'autres vies. Nous avons grandi avec ses histoires, nous n'avons quasiment oublié aucun détail de ce monde inconnu auquel nous n'avions nous-mêmes jamais eu affaire, auquel nous n'appartenions pas. Mon frère avait noté d'autres tournures, d'autres éléments infinitésimaux que moi, nous nous complétons, ensemble nous pouvons assembler beaucoup de choses sans faille.

Quand il était soldat, mon père devait faire partie d'une unité qui travaillait pour la Protection de l'État, qui débusquait les critiques du système de toutes obédiences et les espionnait, les écoutait avec toutes les méthodes de la dictature puis les brisait, c'est-à-dire les frappait, leur donnait des coups de pied, les torturait. Si on l'avait assigné à cette fonction, c'était parce qu'il s'était aligné dans les rangs des intellectuels. Il n'y avait personne vers qui il aurait pu se tourner, personne qui aurait plaidé en sa faveur, c'était un subalterne, un simple soldat, il était désespéré, il était seul. Dans sa détresse, il se confia au médecin militaire, il avait dû déceler quelque chose en cet homme, découvrir en lui un élément qui l'incita à déployer justement devant lui tout le courage qu'il avait rassemblé, parce que c'était bien plus qu'une tentative osée, le simple fait d'exprimer son affaire touchait à la folie, à la présomption, à l'arrogance, à l'insolence. Le médecin pouvait le dénoncer, signaler immédiatement son comportement et faire tourner toute l'histoire à la catastrophe. Mais mon père lui expliqua qu'il lui était impossible d'exécuter ce qu'on exigeait de lui, jamais. Ne pouvait-il pas lui établir une attestation pour le libérer ? Prendre pour motif sa toux régulière, peut-être, sa bronchite chronique, pour lui éviter d'entrer dans cette nouvelle unité ? Le médecin l'écouta attentivement, entendit sa demande et envoya mon père, sans réponse, sans résultat, vers l'incertain, dans une série de journées d'angoisse, d'inquiétude et de doute. Mon père fut bientôt convoqué chez son capitaine, qui lui remit à grand regret son attestation. Elle ne le dégageait pas seulement de cette unité, mais du service militaire en général. Mon père joua la surprise, il feignit la déception. Il ne revit jamais son sauveur.

***

La cérémonie funéraire est la dernière occasion de nous retrouver, notre dernière possibilité de proximité. C'est la dernière grande césure avant que nous ne commencions définitivement notre dérive mutuelle, que nous soyons forcés de nous détacher et de nous libérer. Ce matin-là, nous nous réveillons sans difficulté, tout le monde court et fredonne, nous nous partageons la salle de bains, la cuisine, la table, nous buvons un café en vitesse, nous tentons de manger quelque chose. Aucun de nous ne se met à pleurer, même moi je ne pleure pas, c'est certainement dû à l'adrénaline annoncée, promise, qui circule à présent à travers mes nerfs, nettoie et libère mes artères, la tension, le cœur, le pouls et les muscles, tout travaille à mon profit. Nous sommes prêts à l'heure, avec deux minutes d'avance, les enfants, les adultes, tous vêtus de noir, en costume, chemise, tailleur et chaussures noirs, nous montons avec nos couronnes et nos fleurs à bord de deux voitures et nous partons. Pas de chaleur exagérée aujourd'hui. Ce n'est pas une journée qui dépose sur notre peau ce film de poussière et de sueur dès que nous quittons la maison, le mélange de cet été éternel. C'est un matin clair et ensoleillé. Au-dessus de nous, un ciel bleu tendre.

Je suis nerveuse, j'ai rejoué tout cela dans mon esprit à d'innombrables reprises, plusieurs fois par jour au cours de ces dernières semaines, cela a rempli les torrents, les rivières et les fleuves de mes pensées, cela les a constituées et déterminées, je connais donc déjà sans l'avoir vraiment fait ou vu. C'est peut-être pour cela que ce n'est pas si terrible, c'est littéralement un bonheur de revoir les visages familiers, tous ceux qui descendent de leur voiture sur le petit parking, nous font signe, s'approchent et nous embrassent, tous ceux qui se sont déjà rassemblés devant le funérarium. Ce matin-là, les visages de mon enfance sont une consolation, en eux se reflète ma vie, en eux je me revois aussi. Les adultes à la table ou sur les genoux desquels j'étais assise quand j'étais petite fille, les enfants avec lesquels j'ai grandi, mes partenaires de football, mes camarades de varappe, mes compagnons de Monopoly, aujourd'hui les tempes grises, en costume ou tailleur noir. Des amis venus me soutenir, me maintenir, de vieux amis qui connaissaient déjà mon père quand ils étaient enfants, et de nouveaux amis qui l'ont connu vieil homme, tous me le montrent, nous aussi, nous sommes là, nous sommes auprès de toi, nous faisons ces derniers pas avec toi pour les adieux, tu n'as pas à les parcourir seule.

Ma cousine, celle du jardin d'Éden hongrois, attend déjà devant le funérarium, les yeux cachés derrière des lunettes noires, c'est mon alliée cet été-là, cette année de la mort. Elle a fait le voyage de nuit, avec son frère, son ami et sa fille, de Budapest à Francfort *via* Munich, pour être à l'heure ici, ce matin. Il était exclu de ne pas entreprendre ce grand voyage, exclu de ne pas venir et de ne pas être ici maintenant, à cet instant. Elle a besoin de cette conclusion, elle doit voir et comprendre sous peine de ne pas trouver de repos, a-t-elle dit. Il lui faut la fin de ce récit qui a commencé trois mois plus tôt dans son jardin d'Éden. Elle a besoin de cette dernière pièce, de cette dernière phrase, de cette dernière image, de cette dernière note déclinante.

C'est la fête de mon père, je peux peut-être le dire ainsi. Même s'il n'est pas là, c'est sa fête. Même si nous ne le voyons que surmonté d'un ruban de deuil noir sur une photo plongée dans une mer de fleurs. Ils sont tous venus laisser quelque chose ici, dans cet espace, entre ces fleurs, ils sont venus abandonner ce quelque chose, le donner à mon père pour le voyage. Pour apporter leur témoignage : nous t'avons connu, apprécié, aimé, nous étions une partie de ta vie, tu étais une partie de notre vie, nos vies étaient liées, entremêlées, de manière relâchée ou indissociable. À toutes les cérémonies funéraires précédentes, je me disais, Dieu soit loué, je n'ai pas à être assise à ce premier rang, Dieu soit loué, ce n'est pas moi qui dois prendre place à ce rang-là, et chaque fois, je m'étais figuré comment ce serait, comment on pourrait supporter de devoir être assise là-bas. Maintenant, aujourd'hui, dans ce hall, le ciel et le soleil barrés, au cours de cette demi-heure, cela m'est attribué, c'est prévu pour moi, aujourd'hui cela tient à moi. Aujourd'hui, c'est moi.

La *Chanson du dimanche triste*, c'est ma mère qui l'a choisie, chantée par Pál Kalmár. Composée l'année de naissance de mon père, en 1933. Dans le long-métrage construit autour de cette chanson, le couple porte les prénoms de mes parents : Ilona et László. Ma mère a aussitôt décoché ce titre quand l'entrepreneur des pompes funèbres a demandé quelle musique nous voulions. Bien que son esprit n'ait pour le reste plus été en mesure de travailler à son profit, à notre profit, bien qu'il ait freiné, bloqué, avalé toute pensée, toute phrase, et qu'il ne les ait pas admises, bien qu'il n'ait tout simplement plus su ce qu'était une phrase, comment on la construisait, comment on la pensait préalablement, comment on la faisait venir aux lèvres au bon moment, comment on la prononçait – mais sur cette affaire-là, il avait travaillé clairement et rapidement, et a réussi sans peine le trajet menant à ces quatre mots : Kalmár Pál, *Szomorú vasárnap*. Le texte est insupportable, il serait insupportable même sans mort, même sans cérémonie funéraire, même chez soi, sur le canapé du séjour, par une journée insouciante, emplie de vie, il serait parfaitement insupportable. La mort, le mort, les fleurs – on chante tout cela, tout cela tient dans la chanson. *Utolsó vasárnap kedvesem gyere el.* Chérie, viens en ce dernier dimanche.

Je tente de ne pas écouter ce texte, de déconnecter les mots, de les éloigner de moi. *Pap is lesz, koporsó, ravatal, gyászlepel.* Tout t'attendra : le prêtre, le cercueil, la civière, la tenue funéraire. Je tente de me donner à moi-même l'illusion qu'ils n'ont rien à voir avec moi. *A virágos fák alatt utam az utolsó.* Pour mon dernier parcours sous les arbres. De me persuader que je suis assise dans ce funérarium, entre ma mère et mon fils, et que rien de tout cela n'a de rapport avec nous. *Nyitva lesz szemem hogy még egyszer lássalak.* Si j'ouvre mes yeux, c'est pour te voir encore une fois. Mais déjà les battements de cloche dans la chanson, les premières mesures suffisent, la voix de Pál Kalmár éclate et s'écoule sur mes pores, se glisse sous ma peau comme du liquide sortant d'une ampoule que quelqu'un aurait ouverte, bien que je l'aie interdit, bien que j'aie demandé que cela ne se produise pas.

À l'extérieur, sous les marronniers, son vieil ami Zsolt, qui avait comme mon père sauté dans un train en direction de l'Ouest en 1956, pendant l'insurrection de Budapest, me dit, enfin une oraison funèbre dans laquelle aucun mot n'était mensonger, et nous ne pouvons réprimer notre rire. Cela aussi est possible, cela aussi réussit avec mon père : rire bruyamment avec lui à son enterrement, avant qu'il ne descende dans la tombe. Notre corso se met en mouvement vers le cimetière, notre pleur marque une pause, il s'offre un temps d'arrêt. Avant de monter dans la voiture, nous nous embrassons les uns les autres, nous prenons notre souffle, nous nous débarrassons des mouchoirs trempés, nous respirons et nous nous étirons, un peu comme des coureurs qui ont franchi la ligne d'arrivée de manière à peu près acceptable après un sprint exigeant. Plus tard, au cimetière, nous nous tenons derrière l'échafaudage du funérarium sur lequel on n'a encore rien fait, rien changé. Le soleil brille, le ciel est bleu, les arbres du cimetière chuchotent et murmurent, même si la pluie ne tombe pas, ils ont survécu à l'été. Les Hongrois admirent les chemins soignés, la verdure que l'été a laissée vivante, ce qu'un cimetière allemand peut avoir de grandiose dans sa ressemblance avec un parc. Ce qui facilite l'attente, cet enterrement qui s'étire en longueur, la tristesse ininterrompue, la répartition sur deux lieux séparés par la distance qui convient. Nul ne se tait, chacun aimerait dire quelque chose, tout le monde parle, d'une voix sourde, mais sans contrainte, mon frère et moi parcourons les rangs. Une amie me dira des semaines plus tard : c'était une belle journée. Cela paraît fou, et pourtant c'est vrai, oui, c'était une journée bleu ciel, ensoleillée, celle où nous avons pris congé dans ce cimetière.

C'est le fossoyeur qui coupe nos voix au moment où il apparaît comme sorti du néant et marche vers nous à l'ombre des arbres. Il ôte sa casquette, s'incline devant l'urne, se recoiffe, et nous le suivons sur l'étroit sentier gravillonné, par cette chaude journée du début de l'automne qui fait encore comme si l'on était toujours en été, un été riche, débordant. Une dernière fois, mon père me montre ce que je suis et qui je suis, d'où je viens et quel chemin j'ai suivi jusqu'ici. Une dernière fois, les étapes de notre vie commune se rassemblent devant moi et se placent face à moi, se reflètent dans les visages et dans les voix, dans ce grand demi-cercle d'humains. Un demi-cercle qui se tient près de la tombe derrière moi et récite, tête baissée, le Notre Père. À ma place. Je ne peux pas le réciter. Seulement la fin. Car c'est à Toi qu'appartiennent le Règne, la puissance et la gloire aux siècles des siècles. Amen.

Dès qu'ils sont de retour à la maison, les enfants ôtent leur tenue sombre et leurs bonnes chaussures. Devant la tombe, ils pleuraient encore leur grand-père de manière attendrissante, mais maintenant ils passent leurs culottes courtes et leurs chaussures de sport et filent au jardin avec leur ballon, délimitent un terrain et se mettent à jouer. La vie continue, les enfants nous montrent comment on reprend la vie et on la fait avancer, sans peine et léger, libre de tout fardeau. Mon père aimait les voir ainsi, les regarder jouer – l'une de ses sources de bonheur et de vie. Nous sommes assis au jardin au dernier soleil du jour, le ciel veut glisser vers le crépuscule. Les enfants exultent, rient, courent, bondissent, et entonnent de nouveau, bruyamment, la mélodie et la piste sonore de la vie.

***

Les visites suivantes au cimetière sont des rendez-vous, de petits rendez-vous silencieux, toujours des adieux, de nouveaux adieux, des fractions du grand adieu qui nous permettent de nous frayer un chemin dans l'éternité, de nous rendre dans notre pour-la-dernière-fois, dans notre plus-jamais. Nous comprenons lentement que c'est ainsi. Nous le percevons et nous l'appréhendons lentement, c'est la vérité valide. À partir de ce jour, à partir de maintenant, c'est notre vérité, la vérité, qui n'évoluera pas en notre faveur, à laquelle nous sommes attachés immédiatement, à laquelle nous sommes soumis. Il m'est facile de croire que mon père ne laisse pas l'été s'achever, qu'il fait en sorte, pour nous, que l'été ne cesse pas cette année, il veille à ce que nous n'ayons ni froid ni les pieds mouillés au cimetière, à ce que ma mère puisse y aller chaque jour sans attraper un rhume, sans prendre froid, à ce qu'elle puisse rester des heures devant la tombe, assise sur le banc, et être auprès de lui de cette ultime manière, modeste, silencieuse.

Je m'étonne d'avoir réussi à franchir le cap de l'enterrement, je m'étonne d'y avoir survécu. Je m'étais dit que quelque chose en moi allait forcément cesser de fonctionner, allait cesser d'être. Je le répète donc à ma propre intention, je porte les mains à ma bouche comme un entonnoir et je me crie : hé, c'est passé, tu y as survécu ! Et tu es toujours en vie. Va vérifier devant le miroir, regarde, les choses en toi fusent, elles n'ont pas cessé de se mouvoir, tes artères t'approvisionnent, tes synapses commutent, donnent des ordres et en reçoivent. Tu parles et tu écoutes, tu t'endors, tu te réveilles, tu respires, tu retiens ta respiration, tu te tiens à la porte et tu suis les enfants des yeux quand ils montent à vélo et s'éclipsent au coin de la rue. Tu accomplis comme toujours ces tâches banales, tu prépares des tartines, épluches des pommes de terre, déposes le sac-poubelle dans la benne et démarres l'aspirateur, comme toujours tu passes devant ces piliers de ton quotidien. Oui, ils sont encore debout.

Les amis m'embrassent autrement désormais. Ou bien est-ce moi qui les embrasse d'une autre manière ? Plus fermement, plus longuement ? Comme si j'allais couler, comme si je devais m'agripper et me hisser. Je continue à sursauter dès que les sirènes des ambulances découpent l'air et le bruit de la ville. Dès que leur lumière vacillante se fixe dans notre rétroviseur, le fourmillement du sang dans mes mains. Je n'ai pas encore compris que pour nous, à présent, c'est terminé, ce n'est plus moi qui suis concernée, je n'ai plus rien à y voir. Que je devrais me détendre. Alors que c'était toujours de moi qu'il s'agissait ces derniers temps, que c'était toujours nous qui étions concernés, alors que nos derniers mois avaient été découpés à la scie par des ambulances, des sirènes et des gyrophares, voilà que je fais une pause.

Un ami m'écrit, n'est-ce pas le triste destin de tous les enfants de perdre un jour leurs parents ? Notre muraille s'effondre, la place sûre qui nous était attribuée sans contrepartie disparaît. Nos petites quotidiennetés se dissipent elles aussi, les moments de ma journée consacrés à mon père sont vidés de leur contenu : nos brefs coups de téléphone, nos discussions de sept minutes dans le seul but de s'assurer de l'autre, de montrer que nous existons, que nous sommes là. Sept minutes dont une journée comme celle-là s'affranchit, qu'elle met fortuitement à disposition, qu'elle laisse de côté. Quand j'appelais pour dire, bonjour du garage, ils sont en train de changer les pneus, bonjour du terrain de football, le dimanche matin, il pleut et il fait trois degrés, mais nous avons deux buts d'avance, bonjour de la gare de X, je viens de manquer ma correspondance et je suis sur le quai, bonjour de l'hôtel Y, il faut que je reparte tout de suite, J'ai vue sur le clocher élevé de l'église, sur ce portail, sur cette fenêtre, tu connais tout cela. Il y avait beaucoup d'occasions d'emballer et d'envoyer des signes de vie. Une foule de petites preuves que nous étions en communication, que nous avions découvert quelque chose et que nous voulions nous le faire savoir l'un à l'autre. Il était rare que mon père m'appelle par mon prénom. Il disait mon enfant, oui, c'était naturel, mais qui dit ce genre de choses ? Allô, mon enfant, comment vas-tu, mon enfant, heureux d'avoir de tes nouvelles, mon enfant, à bientôt, mon enfant, fais attention à toi, mon enfant. Ma mère ne dit pas cela. Personne ne m'appelle plus ainsi désormais.

***

Je pleure au moins une fois par jour. Cela me prend comme ça. Le matin, le plus souvent, quand j'ai ma journée devant moi, bien que je sois reposée, alors même que je devrais être au commencement de mes forces, et pas déjà au bout. Cela se passe sur le vélo, beaucoup trop souvent sur le vélo, où je n'ai pas de mains libres pour essuyer les larmes et chercher un mouchoir, peut-être est-ce l'élément glissant, volant, léger du mouvement qui provoque cela, ça se passe quand je vais chercher des petits pains, dans le métro, devant la machine automatique qui délivre les tickets de parking, dans la queue à la caisse du supermarché, entre des chewing-gums et des cigarettes. Cela peut me prendre partout, je suis sans protection, sans sécurité, je suis sans défense d'une manière inquiétante, je suis livrée d'une manière telle que chaque passant peut se rendre compte que quelque chose ne va pas chez moi, qu'il y a quelque chose d'anormal. Le deuil m'a prise dans son cocon, je ne peux plus m'en défaire, même si j'avais espéré que j'irais mieux après l'enterrement, qu'il résoudrait quelque chose, conclurait, mettrait un terme, et pas qu'il prolongerait un sentiment d'entre-deux. Mais qu'est-ce qui ne se prolonge pas ? Uniquement l'espoir que mon père n'est pas mort du tout, ce minuscule reste d'illusion que l'on se fait à soi-même, de mensonge et d'escroquerie, de possibilité qu'il puisse en aller autrement, que je pourrais me réveiller le lendemain et que ce serait différent. Cet espoir ne se prolonge pas. Le deuil ne vient qu'après, après la cérémonie funéraire. Auparavant, nous étions occupés, nous courions contre la montre, auparavant nous avions beaucoup trop à faire. Nous devions choisir la tombe, la plaque, les fleurs. Nous devions signer des formulaires, envoyer des faire-part de décès, fouiller les tiroirs, les armoires et les classeurs, résilier des contrats. Restituer la carte de crédit de mon père. Oublier son code. Cesser de nous rappeler les chiffres qui le composaient. Oublier les deux premiers. L'année où mes parents se sont mariés, 58. Oublier les deux derniers. L'âge que voulait atteindre mon père, 92.

Maintenant que tout est fait, le deuil peut prendre le dessus, couler sur nos journées et les inonder, pousser sur nos portes intérieures jusqu'à ce qu'elles cèdent et s'ouvrent d'un coup. Ne plus jamais voir, toucher, écouter, sentir mon père. Même malade, il sentait bon, même à l'hôpital, où il aurait dû être imbibé par la fragrance des lieux, par ce mélange de désinfectants, de repas fades et d'air vicié. Quand je le saluais, quand je lui disais au revoir et que je l'embrassais sur les joues, je trouvais qu'il continuait à sentir bon, malgré la clinique, malgré la maladie, malgré la tumeur, malgré toutes les choses que lui infligeait son corps, tout ce que son corps faisait de lui, tout ce qu'il lui faisait. Les scènes de l'an passé me rattrapent, mon cerveau envoie les mêmes images et les mêmes signaux dans une sorte de boucle constante et sans fin. Il ne m'accorde aucun répit, ne connaît aucune pitié, il y a dans ma tête quelque chose qui se joue, sans que j'intervienne et malgré moi, qui appuie sur la touche *repeat* et fait à nouveau défiler ces scènes. Notre regard fixé sur le scintigramme, sur le squelette couvert de taches. Le diagnostic, devant la fenêtre donnant sur la vieille ville de Höchst, la bouillie des toits, des routes et des cheminées – notre perspective récurrente, toujours semblable, à peine changeante à cette époque, d'abord un ciel blanc sur une ville hivernale grise, puis un ciel bleu sur une ville estivale ardente. Les quelques phrases de la doctoresse dénuée d'empathie, le mot « incurable », son « Ellécossa ». Sept mois plus tard, l'invitation à prendre une décision : mourir tout de suite ou un peu plus tard ? Mourir maintenant ou avec un délai, un report ? Tout est derrière moi, mais cela m'effraie toujours, cela m'effraiera encore longtemps. Quand le téléphone sonne, je sursaute parce que je me dis, je dois décider quelque chose. Je dois écouter quelque chose à propos de quoi je vais ensuite devoir prendre une décision – alors que c'est décidé depuis longtemps, que c'est terminé depuis longtemps.

Chacun décrit ce temps autrement, mais au fond c'est partout le même. Enfin, l'essence du sentiment est partout la même. Sa décoction, son sirop. Toute fin est cruelle, oui. Pour mes amis qui ont déjà perdu leurs parents aussi, la fin a été cruelle. Le père qui poussait de tels cris de douleur qu'on l'entendait depuis la rue. La fille qui lui avait finalement fait l'injection de morphine, parce qu'elle ne pouvait plus attendre le médecin, parce qu'une minute supplémentaire en proie à de telles douleurs n'était pas tenable. La mère qui avait supporté sa chimio, mais s'effondrait d'un seul coup et mourait en quelques heures. Le père qui avait eu une attaque cardiaque pendant une sortie en barque, la fille qui n'avait regardé son portable que plusieurs heures plus tard, vingt appels en absence, et qui avait aussitôt pressenti ce qui s'était produit. Le père qui était tombé à la renverse au pas de sa porte en rejoignant sa voiture, et qui était mort instantanément. La mère qui, dans son lit de malade installé dans le séjour, enfonçait ses doigts dans le bras de sa fille et implorait qu'on lui donne de la morphine, le sac de plastique blanc dans lequel on avait glissé son cadavre avant de le fermer. Tous connaissent les appels en pleine nuit, les parcours sur des autoroutes désertes, comme à travers une écluse temporelle dépourvue de bruits, dépourvue de sons, à travers une galerie de photos peuplée de scènes des derniers jours, des derniers mois, peut-être des dernières années, le sourd sentiment d'étourdissement et de vertige dans la tête, la brûlure intérieure, à un emplacement situé au-dessus du nombril, les mains humides et glacées.

Tous ont vécu cela, tous savent que toute fin est cruelle.

La seule chose dont nous disposions, c'est le temps qui la précède. Remplir de vie les derniers jours, autant que possible, autant qu'il en reste encore, autant qu'on peut encore en faire revenir – seul cela est possible. Interrompre ses études, abandonner la grande ville et le travail, revenir sur le lieu natal et être là les derniers mois, ne pas les manquer. Une journaliste me raconte qu'elle s'est installée avec ses frères et sœurs dans la chambre du malade à l'hôpital, pour ne pas laisser passer l'ultime proximité, l'ultime possibilité de proximité. Lorsqu'ils ont su qu'il ne restait plus que quelques jours à leur mère, ils y ont établi leur campement, ils dormaient sur leurs tapis de sol isolants, ils veillaient et restaient assis à son chevet, à son côté.

***

L'été ne cesse pas non plus avec le début de l'automne, c'est l'été le plus chaud et le plus long depuis des années. Je me tiens souvent assise dehors et je me figure que mon père l'a voulu ainsi, ce sont les choses que ma tête pense à présent, auxquelles elle est disposée, auxquelles elle est réceptive : mon père aménage cela pour moi afin que j'aie chaud, afin que je puisse rester allongée sur la terrasse sans chaussures ni chaussettes, même le soir. Je regarde en direction du ciel : un croissant de lune aux contours tranchés, des étoiles qui semblent avoir été jetées dessus et des couleurs qui se recoupent au crépuscule, mon père m'envoie ses salutations, c'est le salut qu'il me destine, il a dessiné pour moi ce ciel du soir, il a peint ces notes rouges autour de cette faucille, il veut me montrer ce ciel, focaliser sur lui tout mon étonnement, toutes les variantes possibles de mon étonnement. Je tente de me représenter son ciel, l'endroit où il commence et ce que peut bien y faire mon père, à quoi il passe le temps, comment il remplit son éternité, s'il la conçoit seulement comme une éternité ou si toute représentation du temps, devenue superflue, relève pour lui du passé. S'il parvient à penser à nous sans que ça lui fasse mal, sans qu'il y ait cette pression sur la poitrine, cette traction idiote dans le cou. S'il pense même à nous. Si c'est encore pour lui une catégorie : nous.

Je me dépeins le lieu où il se trouve à présent, il doit tout de même y avoir une sorte quelconque de lieu, de place, d'emplacement, d'espace. Je tente de lui donner une couleur, un contour, un son. Peut-être mon père est-il assis à une tribune, peut-être revoit-il encore une fois les meilleurs matchs de football de tous les temps sur un gazon vert et humide, peut-être joue-t-il dans une équipe avec Ferenc Puskás, mon père crie Feri ! et Puskás lui fait la passe décisive – et vice versa, ils se tapent dans les mains, se serrent dans les bras, continuent à courir. Il retrouve les amis morts qu'il a perdus depuis des années déjà, ceux qui lui ont été arrachés, il est au café avec eux, au bar des Sports, au restaurant, il commande une tournée de Soproni pour tout le monde, bat des cartes hongroises et distribue, coquillage, gland, vert, cœur, ils jouent à l'ulti jusqu'au petit matin. Il existe peut-être des gares ou une idée de gares, mais les trains sont immobiles, ils ne partent pas. Personne ne doit prendre congé sur les quais, on ne connaît pas d'adieux, les adieux ne surviennent pas, ils ne sont plus prévus. Il rencontre sa mère, son père, son frère, ils sont unis et sans âge, ils n'ont pas de douleurs. Le matin ils vont nager dans un lac chaud et sans rivages dont l'eau ne s'évapore pas. Aucun vent ne se lève. Pas de bateau de secouriste, peu de nageurs. Chaque jour une aussi bonne nage, une *jó uszás* comme celle-là.

***

Nous sommes trois amies, pour nous retrouver nous partons de trois points opposés, nous louons une chambre à Mayence, où nous nous étions rencontrées il y a longtemps au cours d'un séminaire professionnel. Nous regardons la place Schiller, nos fenêtres donnent sur la fontaine de carnaval. Bien que l'automne ait débuté dans le calendrier, cela sent l'été et la chaleur, la fontaine est à sec. Nous passons nos chaussures de marche, nous prenons des billets à la gare et nous glissons avec le train hors de la ville, là où le vert des pieds de vigne remplace le brun des pierres et où le ciel, entiché de lui-même, semble fier de lui. Nous nous promenons dans les vignobles, à travers le souvenir et le temps présent, au-dessus de nous, presque sans interruption, des avions qui se dirigent dans un bruit de tonnerre vers l'aéroport de Francfort, l'activité incessante, le bruit de la région. Nous sommes les seuls promeneurs ce jour-là à retenir encore l'été, à ajourner l'automne et plus généralement l'idée de températures plus fraîches, de gel, de froid et de manteaux épais. Après la première montée, nous ôtons nos vestes et nous les fourrons dans les sacs à dos. En haut, dans les vignes, nous dressons la table, le soleil joue avec les rares nuages tandis que nous piqueniquons en parlant de la vie et de la mort, que nous rions et que nous pleurons. Même aujourd'hui, les larmes sont au bord des paupières, par cette journée d'une clarté lumineuse, sur ce chemin de randonnée qui traverse la Hesse rhénane, sous les grandes couleurs de cet été qui ne cède pas, qui se réinvente inlassablement jusque loin dans l'automne, cet été qui s'invoque lui-même.

C'est l'année de la mort des pères. C'est l'automne dans l'année de la mort des pères. Au début de l'année, le premier père est mort. Il était allongé dans son lit et savait que le moment était venu. Sa fille était assise auprès de lui et lui tenait la main. Il avait attendu la mort, et comme elle ne venait pas si vite, il avait ouvert les yeux et demandé, je suis toujours là ? Mon amie dit que depuis que ses deux parents sont morts, elle se sent comme du bois dérivant. Qui doit-elle appeler à présent quand elle est bien arrivée quelque part ? Je lui raconte la décision qu'on nous a demandé de prendre, soins palliatifs ou non, l'exigence d'une agonie légitimée, introduite, ouverte, l'exigence de notre autorisation, et bien que cela remonte à des semaines, je suis saisie avec la même force que ce jour-là. Nous laissons sur place le pain, les raisins et le fromage, nous sortons nos mouchoirs et nous pleurons. Le troisième père est encore en vie, mais il est très malade. J'ai mangé au mois de juin sur sa terrasse, dans son jardin du Taunus, les enfants étaient de la partie, une activité bigarrée et joyeuse autour de nous. Nous ne le savons pas encore, lui aussi mourra cette année-là. Avant même qu'elle ne finisse de résonner, avant même qu'elle ne s'achève, il s'en ira. À la fin de cette année, nous serons toutes orphelines de père.

***

C'est presque plus simple quand les gens sont méchants. Ça devient difficile quand les gens sont gentils, tendres comme ils ne le sont peut-être jamais d'habitude. Même le marchand de pneus de la Silostrasse à Höchst se montre doux et aimable. Je l'ai appelé hier et je lui ai dit : il faut que je passe prendre les pneus, un décès, et le voilà doux et aimable avec moi, et oui, bien entendu, il se souvient de mon père. Il serait peut-être plus simple qu'il soit méchant. Ça ne me toucherait pas, ça ne m'émouvrait pas. Mais ainsi tout devient difficile, même de passer prendre des pneus d'hiver. Quatre pneus, déposés dans la voiture un par un, emballés dans du plastique, me font monter les larmes aux yeux parce que je ne peux m'empêcher de penser que chaque année, au printemps et à l'automne, mon père s'est trouvé dans cette enceinte. Même les adieux aux choses deviennent difficiles, ce fatras sans âme, parce que tout meurt avec lui, chaque démarche, chaque geste, chaque élément accessoire, chaque piste à travers le quotidien, tout meurt en même temps que mon père, même sa vieille Mercedes meurt avec lui. Non, je n'accroche pas mon cœur aux choses, sûrement pas à une vieille Mercedes et à ses quatre pneus d'hiver, pas plus qu'au sac-poubelle de sa voiture, que nous avons vidé quelques jours plus tôt et que mon père a tenu une fois dans sa main avant de le déposer dans le coffre. Mais aurions-nous dû l'utiliser comme un sac-poubelle parfaitement normal ? Y jeter simplement des déchets et le déposer ensuite à la benne ?

Je vends la Mercedes à un concessionnaire, le long d'une bruyante route de zone artisanale où la circulation professionnelle provoque chaque jour à la même heure les mêmes bouchons de la ville vers la campagne. Au moment de signer les papiers, la collaboratrice me demande si j'ai tout sorti de la voiture. Oui, je l'ai fait. À l'instant, sur le parking, j'ai encore extrait les CD de Kurt Weill. Pascal von Wroblewsky chante Kurt Weill. *L'Opéra de quat'sous*, Lotte Lenya, Marlene Dietrich. Mon père aimait la ballade de Jenny la Pirate, être femme de chambre et, un jour, triompher et se venger, faire tuer tout le monde, à son commandement, tous ! La collaboratrice se rend à la voiture pour noter le kilométrage, lorsqu'elle revient, elle pose un CD sur la table. Il était encore dans le lecteur, dit-elle. Johnny Cash. L'Amérique, la grande nostalgie de mon père. La côte du Pacifique, San Diego, le lieu dont il rêvait sans arrêt depuis qu'il y était allé. S'il gagnait un jour au loto, disait-il, nous aurions une maison sur la côte du Pacifique. Pour tous ceux qui voulaient y aller avec lui. Enfants, petits-enfants, neveux, nièces. À la maison, je glisse le CD dans l'appareil, je veux entendre ce que mon père écoutait. *Now I taught the weeping willow how to cry, and I showed the clouds how to cover up a clear blue sky.* Je me représente mon père roulant dans sa vieille Mercedes sur les routes de campagne, par les collines et les trouées forestières du Taunus, traversant le Vámpalotaland entre des champs de maïs et des rangées serrées d'acacias, la voix nonchalamment retenue de Cash à l'oreille. Je vois les lumières passer au-dessus de lui, montrer et éclairer le chemin, je vois le ciel se déployer au-dessus de lui et croître peu à peu vers l'infini.

Lorsque l'annulation de l'immatriculation de sa voiture arrive par e-mail, oui, c'est grotesque, c'est fou, c'est idiot, mais ce formulaire préimprimé en jargon technique me fait pleurer, les titres de rubrique, résiliation, frais à régler, immobilisations, taxes afférentes, bureau principal des douanes concerné. Cette Mercedes, mon père l'a longtemps conduite à travers son petit monde : supermarché, centre commercial, jardin, amis, famille, nous, nous sans arrêt, et à travers son grand monde : Berlin, la Hongrie, l'Italie. À chaque instant meurt une nouvelle preuve que mon père a vécu, qu'il a existé, la vie qui continue, la vie qu'on ne peut arrêter, exige sans cesse de nouvelles preuves de mort et je dois les présenter, comme s'il ne pouvait y en avoir assez, comme si cela ne suffisait jamais, comme s'il n'y avait pas de fin à cela. Je dois apporter les bouts de papier, les lettres, les documents officiels, les faire copier, oui, mort, oui, crédible, oui, vu, prouvé, réglé, ici, je vous prie, votre tampon pour ce genre de cas. Je redoute d'écouter les messages sur le répondeur, j'ai peur d'effacer ceux d'avant par mégarde – ou encore d'entendre la voix de mon père, ce qui pourrait être pire. J'ai peur de cette voix vivante, de la voix de mon père vivant. Peur des vétilles, du quotidien qu'elles recèlent, de l'étonnamment quotidien qui tramait au fil d'un travail de fourmi, par piqûres minuscules et toujours régulières, le tissu de notre vie, d'une manière tellement naturelle, sans peine ni excitation : Rappelle-moi quand tu auras le temps. Ne jette pas le journal, il me reste cet article à lire. Nous serons là vers sept heures. Tu as oublié tes gants rouges chez nous – ce sont bien les tiens ?

***

Ma mère fait vider la mansarde, seule elle n'en a pas l'usage, elle n'en a plus besoin, ma vieille chambre de jeunesse au-dessus des couronnes de platanes, devenue la chambre d'amis depuis des décennies, un grenier à souvenirs supplémentaire. La chambre attenante est pleine de choses que mes parents n'ont jamais voulu jeter, des casques de motard, des skis et des chaussures de ski des années 1980, des maquettes en filigrane remontant aux études de mon frère, somnolant sous des couches de poussière. Je ne comprenais pas ce que signifie débarrasser, ce que désigne exactement ce mot : qu'on ouvre grand les fenêtres, qu'on jette tous les meubles et tous les objets du quatrième étage, qu'on ne descende rien par les escaliers pour que personne n'ait à prendre un objet sur ses épaules et à se donner du mal pour que ça arrive à peu près intact, ni à le poser quatre étages plus bas sur le trottoir, avec les encombrants, pour que quelqu'un puisse l'emporter. Tout atterrit, en éclats, en miettes, devant la fenêtre de la cuisine de ma mère. Elle doit supporter le spectacle des fauteuils, du canapé pliant, du tourne-disque qui se fracassent et explosent sous ses yeux. Comme si quelqu'un était mort une fois de plus, dit-elle. Comme si nous avions encore une fois porté quelqu'un à la tombe.

Nous cherchons une clé de son coffre à la banque, intitulé beaucoup trop ronflant, c'est un simple casier à clés dans les locaux de la Caisse d'Épargne et dans lequel il n'y a plus rien, non, rien, hormis quelques boutons de manchettes aux initiales de mon père et deux livrets d'épargne quasiment vides. Quatre cents euros pour faire percer le verrou – donc, nous cherchons. Nous sommes neuf, nous sommes trois générations, chacun s'occupe d'une partie du logement, bibliothèques, vitrines, vases, vaisselle, vestiaires. Nous soulevons chaque livre, chaque tasse, chaque coupe, le couvercle de chaque théière, nous palpons pantalons et vestes, nous regardons derrière les tableaux, les horloges et les lampes, nous sortons des disques des étagères, nous ouvrons des boîtes et des cachettes. Nous avons déjà cessé de tenter de dénicher une clé, nous traquons des messages, des informations, des indices, nous devenons inventifs et nous nous imaginons ce qui pourrait se dissimuler dans le casier, dans une enveloppe oubliée, dans un étui d'héritage dont il n'aurait rien dit à personne. La clé reste introuvable, mais mon neveu débusque dans une poche de manteau une gousse de piment rouge desséchée. Depuis combien de temps peut-elle bien se déshydrater là-dedans ? Mon père l'a-t-il chapardée ?

Trouvée à ses pieds, ramassée et empochée ? Portée sur lui en guise de porte-bonheur ? Il nous fait rire, nous tous qui nous sommes réunis pour mener cette quête et qui nous sommes réparti les chambres et les armoires, les échelles et les chaises, c'était son grand art quand il était vivant, et maintenant qu'il est mort il y arrive toujours, même maintenant il nous fait rire. C'est ce qu'il a mis de côté, ce qu'il a dissimulé pour nous, ce qu'il lègue et ce que nous devions trouver aujourd'hui, c'est notre certificat de succession, notre succession tout court, que nous prenons en main et, oui, que nous acceptons : une gousse de piment rouge desséchée.

***

Sur le trajet que j'emprunte pour faire mon jogging dans la zone naturelle de Niddaaue, une jeune femme a été assassinée au début de l'année. Elle a reçu plusieurs coups de couteau, son cadavre a été découvert le matin par un promeneur. L'affaire a suscité beaucoup d'émotion, entre autres parce qu'elle s'est produite dans un lieu public qui appartient d'ordinaire aux joggers, aux marcheurs, aux groupes de course à pied des associations sportives, aux propriétaires de chiens et aux mères avec poussette. Pendant l'été déferla à cet emplacement une mer de fleurs, de couronnes, de photos et de bougies que la chaleur et le soleil firent pâlir – un jardin aux couleurs vives qui se fanait au milieu de prés et d'arbres qui se desséchaient. À présent il n'y a plus que deux bougies, un petit bouquet de fleurs est planté dans un vase, on ne voit plus de photos. Un semestre plus tard, il ne reste plus grand-chose pour témoigner de ce débordement, le flot de couleurs s'est tari, le deuil a poursuivi sa route. Au Nouvel An, même ce dernier reste aura disparu, en janvier plus rien n'indiquera que quelqu'un est mort ici. Il n'y aura plus de preuves visibles, aucun appel à se souvenir. Au printemps suivant la nouvelle herbe poussera, verte et fraîche. Des chiens feront les fous sur la prairie.

***

Le premier jour où je ne pleure pas. Dimanche 28 octobre. C'est seulement le lendemain, le lundi, que cela me frappe, quand on me demande, comment vas-tu, et que je réponds, hier a été le premier jour où je n'ai pas pleuré, je le remarque maintenant que tu me poses la question. Le ciel est souvent spectaculaire au cours de cet été qui se prolonge dans l'automne sans peine ni résistance, sans objections, comme s'il n'y avait plus de changement de saisons, comme si toutes les saisons avaient débouché sur une seule, comme s'il n'y avait plus que celle-là : l'été. Il va jusqu'à novembre. Il y a même des jours d'été en novembre, des journées qui ont l'aspect et donnent la sensation de l'été. Au-dessus de la ville flotte, inchangé, ce ciel lumineux à la Véronèse, ce ciel Tiepolo aux teintes pastel, et il m'est facile de penser que mon père déguise pour nous le ciel de novembre, que jusque tard dans le mois il le teinte de bleu, de jaune et de rose, qu'il ne tolère pas de gris. L'après-midi nous nous tenons souvent à la porte de la terrasse, adossés au chambranle, les bras croisés, et nous regardons au-dessus de nous. Regarde ça, dis-je, les salutations de Papy, et mon fils fait un signe en direction du ciel. Il prend une photo et l'utilise comme fond d'écran pour son smartphone : un ciel de salut du grand-père, plongé dans le rose et le jaune d'or, sur lequel les cimes des arbres portent de petites touches.

Zsolt m'écrit, il nous invite. J'éprouve une réaction de défense à l'idée de rencontrer le vieil ami de mon père, à accepter son invitation, à trouver une soirée pour nous et à la fixer. Pourquoi ? Parce que dans ce cas je verrai que lui vit et pas mon père ? Mon père se refuse même à mon rêve, il ne frappe jamais à la porte la nuit pour entrer dans cet espace protégé où tout serait possible, tout serait permis, y compris la rencontre avec les morts. Ou bien c'est mon esprit des rêves qui refuse de le laisser entrer ? Quand je me réveille, ma première image est toujours l'enterrement. J'ouvre les yeux et je suis dans le cimetière, sous d'épaisses couronnes d'arbres qui ont survécu à l'été. Je vois les visages familiers, les pétales, la mer de fleurs. Mais la nuit est de nouveau restée sans rêve. Le pire, ce sont les dimanches matin. Pourquoi justement eux, c'est pour moi une énigme, nous ne les avons jamais passés ensemble. Peut-être parce que c'est l'unique moment de calme dans une semaine rapide, l'unique moment où je m'arrête et respire, où je viens à la réflexion, un matin sans rendez-vous et sans hâte, qui commence par le silence. Mais qu'est-ce que je veux ? Pouvoir encore une fois parler avec le mort ? Oui, peut-être. Oui, pourquoi pas. Oui, certainement. Sur une sorte de FaceTime ? Et comment utiliserais-je le temps ? Ne me contenterais-je pas de pleurer et de me plaindre ? Et ensuite, comment raccrocher ? Comment mettre un terme à notre discussion ? La discussion me manque. C'est toujours cette discussion. C'est la discussion qui me manque. La discussion, c'est cela. La discussion. La discussion !

***

Deux amies ont perdu leur père à la même époque. Trois pères en trois semaines. Nous partageons la souffrance et ce partage nous console, nous formons un triangle du deuil, de la perte, un triangle de noir, un triangle noir. Dans la nuit qui a précédé la cérémonie funéraire pour mon père est mort le troisième père, l'homme alité en soins palliatifs derrière la vitre de verre. Tandis que nous sortions pour nous rendre au cimetière, mon amie se trouvait déjà dans l'avion à destination d'Istanbul, son père mort dans la soute de l'appareil. Je propose que nous célébrions mon anniversaire d'une autre manière cette année-là, une sorte de commémoration, de fête des morts, de fête du père. Nous préparons donc les plats préférés de nos pères et nous prenons place à une table de fête, presque comme à Noël, avec des serviettes et des verres ciselés qui se trouvaient dans la vitrine en Hongrie et que j'ai enveloppés dans du papier cet été puis rangés dans la voiture avant de leur faire franchir deux frontières. J'ai installé entre nos assiettes trois couverts supplémentaires pour les morts, avec des roses et des bougies, avec des verres que nous remplissons plus tard d'eau et de vin. Personne ne juge cela absurde, tout le monde trouve ça bien, les filles encore une fois sont assises à côté de leurs pères, les petits-enfants à côté de leurs grands-pères, les beaux-fils avec leurs beaux-pères. Ils sont ici pendant que nous parlons d'eux, ils se promènent dans l'espace, ils remplissent l'air que nous respirons, ils sont assis, ils rient et racontent eux-mêmes, nous n'avons qu'à écouter, leurs vies produisent beaucoup, trois fois plus que quatre-vingts années de vie et de mouvement, une génération mais trois univers, une génération mais trois perspectives sur l'Europe, trois chemins à travers l'Europe, trois artères, trois lignes, trois directions, trois fleuves et leurs mouvements ondulants, le Bosphore, le Danube, le Neckar. Une petiote se met à pleurer. Quand nous levons nos verres et trinquons au mort, elle se met à pleurer. Personne d'autre ne pleure ce soir-là. Cette soirée-là n'est pas faite pour les pleurs. Je me suis tenue toute la journée d'hier dans la cuisine avec ma mère, j'ai préparé le pot-au-feu, déposé les boulettes de viande, les feuilles de laurier et les grains de poivre dans la choucroute, cela m'a tranquillisée de mitonner un plat à partir du livre de recettes de ma grand-mère, cela m'a reliée à un autrefois qui remonte loin, mais que l'on peut facilement invoquer, et cela m'a en même temps ancrée dans mon monde, dans mon aujourd'hui. On sert trois plats, des pommes de terre en robe des champs avec du fromage blanc et de l'huile de lin, un pot-au-feu hongrois à la choucroute, *töltött káposzta*, et des gâteaux de semoule turcs avec de l'eau sucrée, des revanis. Nous ne servons pas les pommes de terre dans la casserole mais dans une coupe en porcelaine, et le vin non pas dans sa bouteille mais dans une carafe sortie de la vitrine hongroise. Nous sommes d'accord, aujourd'hui tout doit être beau, aujourd'hui tout doit n'être que beau, disons-nous. Chaque plat est succulent, même les pommes de terre sont bonnes d'une autre manière, un mystère plane sur ces plats, on leur a ajouté quelque chose, on les a pourvus de quelque chose, je ne sais quel tour de main, il y a un truc dans ce choix et dans cette succession, dans leur préparation. Les enfants mangent gentiment, même la choucroute, et nous, les adultes, nous ne cessons de trinquer aux pères, aux beaux-pères, aux grands-pères, d'abord avec du vin, puis avec de l'alcool, et nous crions chaque fois leur nom d'une voix forte : à Hans Jochen ! À László ! À Mustafa !

***

Depuis le 1er novembre, je fais brûler dans la chambre une bougie, une lumière funéraire rouge. Quand les premières brumes montent, le matin, je l'allume. Peu avant minuit, quand tout est silencieux et sombre aux alentours, je l'éteins. À table nous disons, Papy est assis ici, nous laissons cette place libre pour Papy, nous laissons Papy s'asseoir ici. Nous parlons beaucoup des morts de cette année. Nous avons toujours beaucoup parlé de nos morts, mais à présent il s'agit de plus que cela, les morts sont toujours parmi nous. Ils sont assis à notre table, ma mère et moi leur consacrons nos après-midi, nous leur offrons nos soirées et nos nuits. La vie avec eux ne s'arrête pas au seul motif qu'ils sont morts. Novembre est le mois des morts. Pour la première fois, il est fait pour moi, il s'adresse à moi, pour la première fois j'en fais partie, pour la première fois c'est pour moi que sa pénombre tombe au début de la soirée. Ce novembre est là pour nous. Ce novembre est notre mois des morts.

Je dois encore apprendre à me dire à moi-même, cette réalité existe et tu dois enfin la comprendre, cesse de te hérisser, cesse de continuer à la nier dans un ultime et minuscule bastion, cesse de faire comme si. De faire comme si quoi ? Comme si tout était encore comme il y a un an ? Comme il y a cinq ans ? Deux ans ? Nous employons toute notre vie à exclure la mort, à la tenir à distance. Chaque matin nous regardons dans le miroir sans penser en même temps à la mort, chaque soir nous nous couchons dans notre vie avec la certitude de nous réveiller le matin. Nous tournons en rond autour de la vie, nous n'arrêtons pas de penser à la vie qui se prolonge jour après jour sans que nous ayons quoi que ce soit à entreprendre, sans que nous ayons une impulsion à donner. Et puis, un jour, nous serions censés, tout à coup, reconnaître la mort ? Nous devrions admettre, oui, elle est présente ? Il y a des preuves, il y a ces faits que je ne voulais pas collecter au cours des dernières semaines et que j'ai collectés tout de même, malgré moi, simplement parce que je suis raisonnable et adulte et que le cours de la vie l'exige de moi, de petites vérités et éléments de preuve que je ne peux pas appréhender, mais que je suis forcée d'appréhender, qui me démontrent et me confirment ce qu'en réalité je ne veux pas croire au fond de moi-même : Mon père est mort.

La messe du souvenir est elle aussi une réalité de ce type, un autre élément de compréhension, encore un élément de démonstration que l'on soumet à notre signature, ici, je vous prie, signature sur la ligne dessinée, voici votre crayon. Toussaint, vendredi soir, 2 novembre. La paroisse commémore les défunts de l'an passé. Le soir tombe, les cloches sonnent. On ouvre les portails des fermes, on boutonne les vestes, on serre les écharpes. Des portières de voiture se ferment, on s'affaire en chuchotant. Beaucoup empruntent les rues étroites pour aller à l'église, pour prendre congé de cette manière-là, pour ne pas manquer cette partie de l'adieu, pour ne pas la laisser s'écouler inutilement. Nous ne sommes que des invités sur cette terre, chantons-nous, et nous voyageons sans répit. Je suis parmi des inconnus, mais pas toute seule, tous ont connu les jours de douleur, on les lit sur les visages, les visages les montrent sans se cacher, on pleure sur les bancs, on distribue des mouchoirs de poche, des têtes se posent les unes contre les autres, nous chantons, dans ces ruelles grises nul ne veut être auprès de nous. On lit le nom des morts à voix haute, plusieurs noms pour chaque mois de l'an passé, derrière chaque nom une silhouette, une voix, une vie que l'on pense en même temps, chaque nom un espace vide, une faille, un vide, une perte, un néant. Pour chaque nom il y a un « Seigneur, prends pitié » en provenance de nos rangs.

Une folle angoisse monte en moi à l'idée que le prénom de mon père puisse être prononcé de travers ou, pire encore, qu'il puisse être oublié et que le « Prends pitié » ne soit pas dit pour lui – comme si c'était précisément la garantie de son accès dans l'au-delà, son billet d'entrée dans l'éternité en suspens, quelle que soit la manière dont nous nous la représentons, quelle que soit la manière dont je me la dépeins. Après tout, il y a bien certaines choses qui sont allées de travers au cours de cette année, quelques grandes et quelques petites. Je me vois déjà en train d'exprimer ma prochaine récrimination, mais finalement on n'oublie pas son nom et on ne le prononce pas de travers non plus. Le pasteur le dit d'une voix forte et claire, et nous chantons : Quand la nuit s'achève, brille le soleil.

Nous traversons la rue, des bougies brûlent dans la maison paroissiale, je demande au pasteur, existe-t-il un groupe destiné aux veuves, une rencontre, un cercle de discussions ? Ça n'existe pas, répond-il brièvement, on en a proposé un une fois, mais elles n'ont pas été nombreuses à venir, on l'a donc abandonné. Je pense : et pour les pas nombreuses ? Que fait-on des pas nombreuses ? Mais je ne dis rien de plus, je constate qu'il n'a pas envie de créer un groupe au sein duquel ma mère pourrait partager sa souffrance. Pourtant, il existe des cercles de ce type, mon amie pastoresse les propose aux veuves dont elle a enterré les maris. D'abord ces femmes pleurent et se lamentent ensemble, ensuite leur ton change, leur humeur, la vie revient et même le plaisir de vivre, ce que nul n'aurait cru possible, elles reprennent des projets oubliés, en conçoivent de nouveaux. Les vieilles structures villageoises dominent toujours ici, dit le pasteur, même si ce n'est plus un village elles dominent toujours, personne ne veut montrer sa douleur à des inconnus, personne ne veut se révéler.

On continue donc à porter le deuil, comme toujours, comme on l'a toujours fait, on se rencontre au cimetière, on y va presque chaque jour. Ma mère, en tout cas, y va quotidiennement, le même chemin, le même trajet chaque jour, elle ne fait pas de détour, elle ne décrit pas de boucle, elle prend le chemin le plus court, tout droit, puis à gauche, puis à droite et de nouveau à gauche. Elle a un rendez-vous quotidien avec mon père, elle doit prolonger les soixante années passées à côté de lui, maintenant qu'il n'y a plus d'autre possibilité, elle est forcée de faire comme ça. Elle est restée sur le mode « chaque jour », elle s'en tient à son rythme quotidien, elle ne l'abandonne pas, son tempo au jour le jour, celui qu'elle a gardé de l'époque de l'hôpital et qu'elle n'a pas abandonné. Elle se lève le matin avec le projet d'aller au cimetière, c'est pour cela qu'elle prépare son petit déjeuner, pour cela qu'elle se lave et s'habille, pour cela qu'elle se coiffe, qu'elle vaporise du parfum sur ses articulations et passe son manteau, met des mouchoirs dans sa poche et descend les marches vers la porte. Au moins en pensée, elle peut être auprès de lui sans difficulté, elle n'a besoin que d'une pierre tombale et d'un banc. Ceux qui n'ont pas pu être présents à la cérémonie funéraire viennent à présent auprès de la tombe, même ici mon père a de la compagnie. Une fois de plus, cette phrase se pose devant moi : ceux qui restent sur place décident. Celui qui reste décide. Elle est cruelle, l'idée que sa tombe pourrait être à plus de mille kilomètres de distance. Comment avait-il pensé cela ? La terre du pays natal, oui. La terre de la mère et du père, oui. La terre de la grand-mère et du grand-père, oui. Mais nous ? Qu'en serait-il pour nous ?

Pour ses rendez-vous ma mère porte du noir, elle ne va jamais au cimetière sans porter quelque chose de noir. Si elle n'a rien qui convienne, si nous sommes de sortie, je dois faire le détour et la déposer chez elle pour qu'elle puisse au moins prendre une écharpe noire, une veste noire à passer sur le reste. Elle se sent mal à la seule idée de devoir traverser le cimetière sans noir, comme si les murs et les arbres en étaient témoins et pouvaient aller le raconter, le transmettre à une instance compétente qui la blâmerait par la suite. Elle a de nouvelles relations de cimetière, elles s'assoient ensemble sur le banc et elles pleurent, elles racontent en restant dans l'axe visuel de la prairie aux tombes. Leur étrangeté mutuelle s'est vite dissipée, elles déversent leur deuil devant les autres, aucune n'est forcée de se reprendre. Démence, cancer, addiction, chacune porte son histoire, chacune fredonne ses notes de douleur. Elles partagent les pleurs et se disent les unes aux autres, ne pleure pas tant, ne pleurons pas tant. Le cimetière est leur point de rencontre, le cimetière héberge leur club, le banc du cimetière, sous le platane, est le lieu où se réunit leur cercle de discussion. On peut s'y asseoir à trois, et même à quatre en se serrant un peu.

Les nouvelles amies disent à ma mère, tu as le droit de porter le deuil au cours des premiers mois, ensuite il faut que tu recommences à vivre. Nous n'avons tout de même que quatre-vingts ans, nous devons devenir centenaires !

***

Le dimanche suivant, nous nous rendons au cimetière pour l'office de bénédiction des tombes. L'été rayonne dans les angles de novembre, la terre est chargée de chaleur et continue à en laisser échapper, elle a toujours des réserves à distribuer, un grenier à chaleur sous son herbe. Nous nous tenons devant la croix de grès, nous formons un grand cercle, nous chantons sous le ciel rouge d'or formé par les feuilles : Ô Dieu, protège-nous, sois avec nous dans toutes nos souffrances. Une fois encore, on lit les noms des défunts, une fois encore j'entends la preuve, mon père en fait partie, il est l'un d'eux. Le pasteur le dit encore une fois, en toute sobriété, en toute implacabilité, il me l'a déjà dit il y a deux jours, il le répète aujourd'hui, peut-être serai-je aussi prête, à un moment donné, à le croire. Il lit à voix haute le nom de mon père, c'est donc forcément vrai. C'est donc comme ça. Oui, il fait partie des morts.

Au Notre Père, ma voix défaille, comme toujours quand on dit ce passage : et pardonne-nous notre faute. Plus tard, je reprends le fil : c'est à Toi qu'appartiennent le Règne, la puissance et la gloire aux siècles des siècles. On commence par bénir les tombes des prêtres, celui qui m'a baptisée est enterré ici, lui aussi, j'en ai un vif souvenir, lui n'aurait confié à personne d'autre le soin de mener un enterrement, il aurait fait en sa compagnie les derniers pas jusqu'à la tombe. Aujourd'hui tout le monde veut la bénédiction de la tombe, pasteur et servants d'autel ont du pain sur la planche, on leur fait signe de tous les côtés, dans chaque rangée se trouve quelqu'un qui les attend. La bénédiction est gratuite, mais pour beaucoup elle est précieuse, nous aussi nous nous tenons près de la tombe et nous agitons les bras, il ne faut pas qu'on nous oublie. Une amie de ma mère évolue en zigzag et fait signe au pasteur pour qu'il bénisse ceux qui n'ont laissé personne derrière eux. À cet instant précis, je ne m'en prends pas au ciel. J'ai cessé il y a deux ou trois secondes. À cet instant, je ne nourris pas de colère, à ce moment où les feuilles descendent en planant vers nous et où aucun vent ne souffle. Pour la première fois cette année je ne nourris pas de colère, je ne sens pas de résistance, pas d'adversité. Je suis tranquille, je me tiens devant la dalle de pierre qui porte le nom de mon père, j'attends la bénédiction et je ne nourris pas de colère. Je plante des cierges, je les allume, je redresse les fleurs et je ne nourris pas de colère. Sur le chemin du retour, nous rions, nous discutons, quelqu'un se dresse entre les tombes et regarde dans notre direction. L'amie de ma mère dit, il y a suffisamment de silence ici, alors riez, discutez donc, les morts se réjouissent !

Je rejoins lentement la voiture en suivant l'étroite ruelle qui sépare le cimetière et l'église, en longeant les minuscules maisons avec leurs toits pointus, maisons d'ouvriers, maisons d'artisans, maisons de petites gens. On dirait des maisons de nains, des maisons de nains sur un chemin de nains. Je me promène sur le pavé de mon enfance, à travers le monde de mon adolescence. Ici habitaient des amis, sous ce clocher d'église, c'est sous ce ciel protecteur que nous célébrions notre jeunesse, nous poussions nos vélos été comme hiver à travers les rues étroites, ivres et bruyants nous nous promenions le soir le long de ces murs villageois, nous grimpions et nous avancions en équilibre, bras écartés, sans peur, presque déjà prêts à lever le camp et à partir pour toujours. Je mets mes lunettes et je lis les noms sur les portes. Aucun de ceux d'autrefois n'y figure plus aujourd'hui, aucun.

À la maison, j'entre sur Google le nom d'un ami qui habitait l'une de ces maisons de nains. La fenêtre de sa chambre donnait sur la rue, tout le monde pouvait voir s'il était là, cogner contre la vitre et entrer par la fenêtre. Avec lui, je pouvais marcher détendue dans la neige lourde, une bouteille de vin à la main ; au cours des nuits d'été, rester assise avec lui sur le mur de l'église et attendre la première lueur du matin, dès que le soleil sortait des champs en rampant. Nous

nous sommes perdus de vue, j'ai toujours pensé à lui de bon cœur. Je trouve un avis de décès à son nom, je prends ça pour un hasard fou, pour une homonymie, mais la date de naissance exclut cette hypothèse. Je me rappelle, oui, c'était le jour du Nouvel An, le lendemain de la Saint-Sylvestre, c'est toujours pour lui qu'on tirait le feu d'artifice. Mort à cinquante-deux ans, il laisse son épouse et quatre enfants. Arraché à la vie, lit-on dans l'annonce. L'année des morts, des avis de décès et des saluts à la mort – ça continue, ça se poursuit.

***

À un moment donné, les morts se changent en une photo encadrée. Ils ne se montrent à nous que dans le sommeil. Alors seulement, leurs mouvements reviennent, alors seulement leur corps se détache de l'immobilité, alors seulement il les quitte, s'ébroue pour se débarrasser d'eux et suit ses anciens chemins. Quand nous fermons les yeux et nous abandonnons à la nuit, au sommeil et à ses circonvolutions oniriques, à ses sentiers sinueux menant à l'inconscient. Ce soir, j'ai rêvé de mon père. Une image, une posture, juste cela : il était assis dans un jardin estival, sur un banc, et lisait le journal. Avec la concentration silencieuse qui était la sienne, cherchant des lettres, les cherchant à tâtons, agrippant les lettres, il tournait les pages – une image du calme. C'est avec lui que j'ai grandi, avec ce crépitement de papier journal que je suis devenue grande, avec le froufroutement des pages qu'on tournait. S'il existait une image typique de mon père, c'est celle-ci : mettre ses lunettes et lire ; s'il y avait une occupation ou un mouvement typique de sa personne, c'étaient ceux-ci : lire et feuilleter. Pour son quatre-vingt-cinquième anniversaire, je lui avais offert un abonnement à la *Zeit ;* quelques semaines plus tard, j'avais dû le résilier. Mon père n'arrivait plus à tenir le journal, l'effort était devenu trop grand pour lui.

On voit rapidement, en regardant l'appartement, que mon père n'est plus là, qu'il a déguerpi, qu'il est parti, qu'il ne reviendra plus jamais. Même si ma mère n'a pas encore défait son lit, toujours pas, après toutes ces semaines. Elle dort seule dans son lit à elle, qui est fait pour deux, qui a toujours été fait pour deux, elle dort nuit après nuit à côté des draps tendus, lissés de mon père, qui ne dessinent plus ses contours, qui ne les gardent plus en mémoire et ne les reflètent plus, à côté des dernières fibres, des dernières idées et des dernières nouvelles de son odeur, qui se réduit de sommeil en sommeil. Quand ma mère se réveille le matin, l'odeur s'est de nouveau amoindrie, elle s'est encore dissipée. On voit et l'on sent son absence, même si ses vêtements sont encore accrochés dans l'armoire et même si nul ne fait mine de les emballer et de les emporter. D'effacer les dernières traces, les derniers indices renvoyant à lui, les dernières preuves de son existence. Après tout, un tissu quelconque pourrait encore abriter son parfum.

Les chambres sont rangées d'une manière exagérée, presque maniaque, les témoins de la mêlée quotidienne ont disparu. Le bonnet de mon père n'est plus accroché au vestiaire, pas plus que sa veste, les journaux ont cessé de s'empiler, ils ne sont plus posés çà et là, il n'y a plus de livres ouverts et de notes, de stylos-billes et de coupures de presse, de câbles de chargement et de portables, tous ces portables !, plus de clés, plus de verre d'eau rempli au tiers, tous ces compagnons quotidiens de mon père, sans lesquels il ne pouvait pas vivre, sans lesquels il n'existait pas du tout, ses petites traces quotidiennes qu'il imprimait et laissait derrière lui, y compris chez nous, à la maison. Quand mon père était ici, sa piste d'objets serpentait toujours à travers le séjour, on entrait dans l'appartement et l'on savait aussitôt qu'il était là, il y avait une piste de clés et de portables, une piste de veste ou d'écharpe, une piste de journaux, une trace de livres. Il montait les marches et mettait son bonnet sur la tête des enfants, chacun son tour, il les embrassait sur le haut du crâne, posait sa clé et ses portables, laissait un verre d'eau sur la table, cherchait des chocolats dans les armoires et les tiroirs, sortait un livre de l'étagère, le posait sur la table, ouvrait le journal du jour, chaussait ses lunettes de lecture et les rangeait de nouveau dès que les enfants se blottissaient contre lui.

***

Un ami me demande comment je vais. Je dis, ça roule. C'est la merde, mais ça roule. Ce qui est un peu mensonger, parce qu'en réalité j'oscille entre : je n'en peux plus et je ne veux que dormir, et : Oh, regarde ça, ma vie est riche, il y a toujours des moments riches, quand je suis assise parmi mes amis, quand nous parlons, buvons et rions, quand je regarde ma famille, mes enfants, quand je peux contempler et sentir leur joie et leur force vitale dans chaque fibre de leur être, même dans leur regard. Il dit, nous sommes les suivants, nous serons les prochains, et ça ne paraît ni grave ni consolant, ça a juste l'air d'une phrase qui résume le cours des choses pour ce qui nous concerne, le cours du temps parfaitement normal, tout naturel, tel qu'il se déroule de lui-même, sans notre intervention, le cours du temps, de la vie et de toutes les choses qui s'y trouvent. Oui, c'est vrai, si tout se déroule selon un plan, si tout se déroule comme cela devrait se dérouler, nous serons les prochains. Si tout se déroule comme le prévoit la formule naturelle, intérieure, de la vie et de la mort, alors, dans notre succession des générations, nous serons les prochains. D'ici là, la vie continue, elle continue tout simplement, ne vous occupez pas de nous et de notre demande de pause, d'arrêt, de sortie. Nous vivons, nous travaillons et nous payons des factures, nous respirons, nous mangeons et nous buvons, nous nous disputons et nous tranquillisons, nous dormons, nous nous levons, avec de la peine et des efforts, certes, mais nous le faisons. Même moi, je me lève et je continue à marcher dans la ville et dans ma vie, je regarde le ciel, et à chaque fois qu'il est suffisamment grandiose, je dis, salut Papa, salut là-haut.

Il y a même des moments où je fais des plans. Faire des plans est un bien grand mot, mais il y a tout de même quelque chose que je projette vers le futur, que j'intègre par la pensée dans mon avenir, que je peux voir en lui – ça ressemble presque à un plan. Je veux retourner encore une fois en Hongrie pendant l'été, dans ce pays que j'ai depuis longtemps rayé du monde de mon vécu, de mon rayon de déplacement et que je n'ai laissé revenir dans mon champ de vision qu'au moment où j'ai eu des enfants. Et dont je ne me suis pas débarrassée, que je n'ai pas abandonné depuis, en dépit des nouvelles monstrueuses qui nous en parviennent au journal du soir. Au cours des étés passés, en Hongrie, je me suis remise à m'étonner de la beauté simple et de l'immobilisation du temps, j'ai commencé à flâner dans la langue, à redécouvrir et à déchiffrer sa folle grammaire, cette énigme qui ne cesse de se présenter à moi, de se déplier, et que je dois résoudre de nouveau à chaque phrase. Je veux me promener encore une fois sur les sentiers de mon père, m'asseoir sur la terrasse du lac à Balatonfüred et boire une Soproni à sa mémoire. Je veux me débarrasser des journées de l'été dernier, qui reviennent à intervalles réguliers donner de leurs nouvelles et hantent mon esprit comme des feux follets. Je veux sauver Füred et le lac à mon profit, mieux, plonger dans une sorte d'opération de sauvetage et sortir à la nage derrière les roseaux, derrière les pontons en bois des pêcheurs, ces élégantes vérandas aquatiques en suspension. Je veux laisser derrière moi les canots et les délimitations, avec en ligne de mire l'abbaye de Tihany brillant d'un blanc éclatant, au loin, au-dessus de l'eau. J'ai besoin de cette *jó uszás*, j'aspire à cette grande, bonne, à cette authentique nagerie.

Ma mère, cependant, refuse d'entrer dans sa maison d'été au village. Dès que je lui en parle, elle se rebiffe, comme si elle devait éloigner d'elle tout ce qui lui impose de comprendre qu'elle est seule, qu'elle est sans mon père pour le restant de ses jours. Dès que j'effleure la question de l'été et de notre voyage à l'Est, dès que nous évoluons par la pensée dans cette direction, elle me fait un signe de la tête, un non. La perte lui a fait perdre la raison, la vie ne peut strictement rien lui offrir, sans mon père elle a perdu ses couleurs et son goût. Elle ne peut plus aller dans sa maison d'été, elle ne veut plus habiter ce lieu, nous devons le vider et le vendre, nous devons faire avec lui ce que nous jugeons bon, seulement elle ne veut plus y aller, elle ne veut plus jamais y passer ne fût-ce qu'une minute. Tout dans la maison d'été est associé à mon père, même ce portail idiot et si difficile à faire coulisser, sa serrure récalcitrante qui n'apprécie pas sa clé et qu'on n'ouvre pas si aisément que ça, pour laquelle il faut de la patience, du doigté et un peu de temps. Le noyer qui isole et dissimule la véranda, qui veut sans arrêt l'embrasser. Les habits dans l'armoire, le chapeau de paille, les pantalons d'été, les chemises d'été, les sandales de bain, les livres dans la vitrine, des livres que ses parents, déjà, avaient tenus entre leurs mains, traces et témoins de leurs cheminements de pensée. La petite table, dans le coin de la cuisine à vivre, avec liseuse, téléphone, notes, morceaux de papier et stylos, les forints enroulés dans des tasses, la carte de fidélité de la station-service MOL, la puce pour le chariot d'achat Escot, une foule de reliques de l'ancien été – pour l'instant, on ne pourrait rien demander de plus infâme à ma mère que de retourner là-bas.

Mon amie pastoresse me tranquillise, un jour après un deuil on est différent d'un mois après, et un an après on l'est encore d'une autre manière. Je dois avoir de l'espoir. J'ai donc de l'espoir. Je m'exerce donc à l'espoir, chose à laquelle je ne m'entends plus très bien. Je tente donc d'espérer. Je n'ai pas beaucoup d'exercice, mais je veux fournir des efforts pour ce qui concerne l'espoir. Pour l'instant, cependant, ma mère est sans présent, sans futur. Le passé est l'espace temporel dans lequel elle se meut, aucun chemin ne sort du passé pour mener dans une autre dimension du temps, dans quelque chose comme un maintenant, un demain. Son deuil est dans tous les pores de la vie en solitaire, il réside dans chaque bruit minimal de son appartement devenu silencieux, ma mère tourne et s'emmêle dans son hier, elle ne peut pas penser au futur. Le futur, au cours de ces journées, il n'y en a pas. Et surtout pas dans la maison d'été.

***

À la mi-novembre, les pleurs déclinent. Même deux mois après, même après plusieurs e-mails, le fournisseur d'électricité local continue à envoyer ses courriers à mon père, et pas à ma mère. Je trouve cela de mauvais goût, mais je n'ai plus les nerfs pour régler cette affaire, après des coups de téléphone infructueux qui donnaient dans le vide et sur des messages automatiques, qu'ils continuent à écrire tranquillement à mon père, faites donc, je n'ai aucune envie pressante de continuer à téléphoner ou à rédiger des lettres concernant cette histoire, de composer le numéro de leur hotline et de supporter la musique d'attente pour négocier un nouveau tarif, pour faire inscrire dans leur registre des clients que le foyer ne compte plus qu'une personne au lieu de deux. Il y a plus important. Mon petit autel paternel, par exemple, qui se trouve encore sur le rebord de la fenêtre. Je me refuse à prendre les souvenirs et à les faire disparaître dans nos armoires, à les évacuer, à les expulser en les mettant sous clé. Une amie m'a raconté qu'elle a conservé les chaussures de randonnée que sa mère lui avait offertes l'année de sa mort. De temps en temps, elle monte au grenier, les sort d'un carton, les tourne dans un sens et dans l'autre, les contemple de tous les côtés et suit la couture du bout des doigts. Moi aussi, j'ai ces morceaux de lien avec mon père, des ponts minuscules vers notre temps commun, qui me montrent que c'est vrai, oui, nous avons existé, nous étions authentiques, nous étions là. Un dessin que j'ai fait de lui, petite fille, et que j'ai retrouvé en rangeant un tiroir de mes parents, un portrait de profil sur lequel chacun peut cependant le reconnaître, j'avais capté quelque chose à l'époque qui distinguait et résumait son apparence. Sa moustache, son nez marquant, la disposition des rides autour des yeux, comme des rayons de soleil, ses pattes sur les tempes, la cravate d'un vert vénéneux sur un débardeur brun foncé – c'étaient les années 1970. À côté une photo de mon père, à Paris, nonchalamment appuyé à la rambarde d'un pont, à l'arrière-plan la tour Eiffel, une journée grise et brumeuse comme c'est presque toujours le cas à Paris, mon père heureux, à sa manière robuste et libre, jeune et en bonne santé. Oui, en bonne santé. Une photo de nous, moi sur mon premier vélo, un vélo rouge, chaussures rouges, des jambes de pantalon rouge retroussées avec des fils en Lurex, mon père à côté de moi, son regard sur mes premières tentatives de conduite. Comment pourrons-nous célébrer Noël cette année ? Comment cela sera-t-il possible ? Je préférerais sauter la date, je préférerais passer au-dessus de Noël. Me réveiller après une nuit sans excitation, aimable et retenue, le 27 décembre, et savoir que c'est fini, que j'ai ça derrière moi. Puis continuer notre vie et voir comment nous nous y retrouvons lentement.

Début décembre, les pleurs reviennent. Subitement, sans préparation, par à-coups. D'autres pourraient penser que je vais bien, beaucoup de choses restent invisibles, dissimulées. J'ai simplement l'air plus vieille, sensationnellement plus vieille, comme si mon vieillissement s'était accéléré, avec les nombreux fils gris dans la chevelure, mon visage est marqué par les soucis, osseux, comme s'il n'y avait pas de sang sous ma peau, pas de chair, comme s'il n'y avait que des espaces creux. Ma tristesse s'est transformée en paralysie, beaucoup de choses me sont pénibles, me coûtent des forces, parfois une force démesurée, une pesanteur de plomb s'est déposée sur ma démarche, sur mes os, et même sur ma pensée. Je suis devenue lente, je cherche mes mots comme s'ils m'étaient devenus inconnus et étrangers, il faut du temps avant que je les trouve, que je puisse les poser sur ma langue et les prononcer. Personne ne le remarquera, personne ne voit en me regardant à quel point je passe mon temps à rassembler mes forces, à inspecter, à ordonner et à me distribuer moi-même, combien je me rassemble, combien je guette la prochaine halte, la prochaine respiration, la prochaine pause. Je me tiens dans le vestibule de ma mère, nous écoutons les messages de la boîte vocale, elle n'a jamais effacé les anciens messages, nous écoutons donc des voix qui pleurent et qui se plaignent : le mois de septembre est revenu, il nous enserre de toute sa force, après deux, trois messages que je ne veux pas écouter jusqu'au bout, nous sommes toujours en septembre, avec tous les noms et toutes les voix qui font leurs adieux, qui expriment leurs condoléances, leur compassion, en hongrois, en allemand, en anglais, qui luttent contre les larmes ou ont déjà abandonné le combat. « Message numéro huit du premier neuf », psalmodie l'annonce en reculant vers le mois d'août, à chaque bip une légère panique monte en moi à l'idée qu'un message de mon père pourrait être enregistré, qu'il me faudrait entendre sa voix ici et maintenant. Sa voix vivante. Sa voix comme s'il vivait encore.

J'accroche des décorations de Noël, moins que d'habitude, beaucoup moins que d'habitude, je pose une couronne, plus sobre qu'à l'ordinaire, sans guirlandes lumineuses. Le premier jour de l'avent, nous faisons cuire des chaussons, pour la Saint-Nicolas des amis nous rendent visite, la veille les enfants nettoient leurs bottes et les posent devant la porte – comme chaque année. Noël s'annonce, même si je trouve ça fou, il s'annonce. Noël devrait faire une pause pour moi, sauter au-dessus de lui-même, simplement par égard, par attention, par pure amabilité. Contrairement aux années précédentes, nous ne fêterons pas Noël à la maison. Nous rompons avec notre tradition, le 24, nous glissons à travers la neige et la pluie sur une autoroute vide qui mène à Berlin. Nous ne pouvons pas maintenir un rituel, nous ne pouvons pas vivre un rituel dont le centre s'est brisé et dissocié.

À la maison, nous n'aurions vu que la place vide, la chaise où mon père était assis d'ordinaire avec son verre, un Burgunder de récolte tardive, tandis que l'oie mijotait dans le four. Il avait admiré les tours de main, le mélange de la farce, orange, prunes cuites, armoise, en réalité c'est pour lui seul que nous préparions l'oie.

Maintenant mes neveux ont pris le relais, ils ont acheté et décoré l'arbre, ils ont préparé les partitions et l'accompagnement au piano, ils ont choisi le culte, ils ont mis la table à laquelle nous n'avons qu'à nous asseoir. Leur grand-père est auprès de nous sous une forme non tangible, non préhensible, mais sensible, ce soir, à la Toussaint, il est auprès de nous dans ce gigantesque appartement berlinois avec toutes les bougies sur le piano. La phrase de Kleist me revient : *Au bout du compte le paradis est verrouillé et nous devons faire le tour du monde pour voir s'il ne serait pas ouvert quelque part à l'arrière.* Les larmes ne me submergent pas, après tout Noël ne peut rien au fait que mon père est mort, je peux chanter, ma voix ne défaille pas, il m'est facile de chanter Ô toi, heureuse, entre ma mère et mon frère, je chante, justement, Ô toi, heureuse.

Juste après les fêtes me parvient encore, à Berlin, la nouvelle que le cinquième père est mort à présent. Après des jours d'espoir et de crainte, mon amie m'écrit, celle avec laquelle je suis allée marcher il y a peu sur les coteaux ensoleillés tout autour de Mayence, avec qui j'ai mangé dans les vignobles, déballé du fromage et du pain, et pleuré nos pères. Voilà donc le point d'orgue de cette année. Quatre amies proches ont perdu leur père, j'ai perdu le mien, nous sommes cinq. C'est l'année de la mort du père. Tandis que je me procure pour le cinquième père une carte de condoléances dans une papeterie, un petit garçon à côté de moi dit à sa mère, nous avons besoin d'une carte de vieille, et elle le corrige : ça s'appelle des cartes de deuil, pas des cartes de vieille.

***

Je me réveille au matin du Nouvel An, l'année commence sans mon père et s'ouvre ainsi devant nous. Trois cent soixante-cinq nouvelles journées sans lui. Mon appel, ce premier janvier, comme chaque année, notre ouverture au décompte du temps, destiné à nous exprimer de bons vœux pour les trois cent soixante-cinq jours à venir, n'est plus adressé qu'à ma mère, mais quelque chose dans ces vœux paraît creux et vide, tout simplement mensonger. Une bonne année ? Comment pourra-t-elle l'être pour ma mère ? Cela fait un an maintenant que le chemin de croix de mon père a débuté, que ses douleurs ont commencé à se répandre et à croître dans son corps, des douleurs qu'il avait tenté de nier, de surmonter autant que possible, de ne pas prendre au sérieux et de refouler. Un an plus tôt, il avait déjà célébré Noël dans les douleurs, mais n'avait pas voulu nous gâter la fête. J'avais passé le reste des vacances d'hiver à le conduire chez des médecins et à prendre des leçons auprès de sa patience, à supporter les trajets et les nouvelles, les résultats et les entretiens, mais surtout l'attente, toute cette attente, et à ne pleurer qu'en secret, jamais devant lui, rarement devant d'autres. Chaque parcours était laborieux et difficile à accomplir, nous avions emprunté un fauteuil roulant à l'hôpital, je l'avais poussé et j'avais tenté de contenir ma rage qui voulait constamment éclater, mais contre qui aurais-je pu la tourner ? La direction de la clinique, les médecins ? Le ciel, Dieu, l'éternité ? Alors contre quelle instance ?

À côté de la rage grandissait mon espoir. L'espoir en ce temps-là avait été mon sentiment le plus puissant, il ne cessait de se déverser à nouveau en moi, je l'entretenais, l'arrosais et le poussais à sortir de terre, ce petit espoir, ça ne sera pas si terrible, ça sera acceptable sous une forme ou sous une autre, et le grand espoir, absurde, l'espoir féerique que ce ne soit peut-être pas un cancer, peut-être quelque chose de différent avec quoi il soit possible de vivre et qui ne débouche pas nécessairement sur la mort. J'avais espoir dans le temps. De tous les pronostics temporels, je prenais aussitôt le plus favorable et je misais sur lui, je m'accrochais fermement aux deux ans, pas aux deux mois, je les repoussais, ces deux mois, je ne pensais pas à eux, non, je ne voulais en aucun cas penser à eux, je les éliminais, je ne leur donnais pas d'espace, pas le moindre. J'espérais qu'on nous épargnerait, j'espérais qu'un fil latéral quelconque, un petit fil du destin, le sort, la providence, les circonstances, le hasard, quoi que ce soit, nous ferait oublier, nous permettrait simplement de ne plus penser à nous et nous libérerait, j'espérais une erreur de fiche, un mélange de dossiers, une confusion, un tampon apposé trop hâtivement, quelque chose de ce genre – mais pourquoi aurait-on dû nous épargner, justement nous, nous préparer pour un miracle ?

En février, alors que nous savions déjà que le cancer était revenu, nous avons célébré son anniversaire, en pressentant que ce serait le dernier, en espérant qu'il pourrait encore y en avoir d'autres. Nous avions passé des heures à découper dans la cuisine de la salade, du poisson et de la viande, à les faire cuire et rôtir, puis nous nous étions tous réunis à la longue table, trois générations de Bánk, avec une légèreté qui se cabrait par défi, avec la joie d'avoir encore cette journée avec ces heures, de les faire entrer dans le sablier et de les conserver pour toujours, de les dicter au cerveau et de lui ordonner de les stocker en sûreté. Quelques jours plus tard, c'était le coup de téléphone du supermarché, mon père s'était effondré dans une allée, entre les fruits et les légumes, et l'ambulance venait de l'emporter. Son visage aux urgences, sans force, entamé, la compréhension très lente, hésitante et récalcitrante, son corps lui refuse ses services, à partir de tout de suite, aujourd'hui, ce jour-là, à cette heure précise, il arrête. Son souffle de plus en plus court, les semaines suivantes, ses lourdes inspirations, ma crainte qu'il ne se surmène. Son insurrection contre la maladie, le refus. Mon père voulait vivre et ne pas être malade. Il voulait vivre et nier ce que la maladie faisait de lui, la manière dont elle le blâmait, le remettait en place et le punissait. Puis mon voyage avec des amies dans le Taubertal, pour la randonnée hivernale annuelle, toutes les larmes que nous avons versées sur une mère morte peu avant et sur mon père malade, l'atmosphère fragile, friable dans la voiture, la neige sur les champs, le bleu de l'après-midi, le noir du soir, nos pleurs qui éclatent et reviennent en boucle, notre colère contre la mort, contre cet arrachement, ce déracinement opéré en dépit de notre volonté. Nous sommes restées assises dans la voiture parce que nous étions forcées de pleurer ainsi, nous ne pouvions pas descendre.

Je me rappelle le premier patch de morphine que j'ai collé sur le corps de mon père, quand j'ai su que désormais le temps courait autrement pour nous, que désormais je pouvais tenir le doigt dans le sable ruisselant de l'horloge. À présent que j'appuyais le patch sur sa vieille peau, sur laquelle je pouvais lire son dernier bronzage en date, les derniers étés qu'il avait passés en Hongrie et toujours son activité sportive d'antan, sa jeunesse, sa juvénilité. Je me rappelle mon épuisement croissant qui dégénérait parfois, l'effort et la tension sans la moindre pause, ce fol état d'épuisement dans lequel il m'arriva de ranger, dans mon irréflexion, une bougie allumée dans un tiroir, pour m'étonner ensuite de la puanteur. Je me rappelle la perte de mon esprit, de ma vie normale, la perte de mon quotidien, de mon travail, de ma contenance, de ma concentration. Je me rappelle avoir pris congé de ma famille, des enfants, presque chaque jour, avec ces mots, je ne suis pas là, je suis sur la route avec Papy, et leurs visages graves quand je les prononçais. Je me rappelle cet état de larmes, cette propension constante à pleurer, mes forces qui déclinaient quand il fallait continuer à y résister, parallèlement au déclin des forces de mon père. Je m'exerçais à l'acceptation, je commençais à le faire. Je commençais à me trouver courageuse. Cela supposait beaucoup de travail, beaucoup de dévouement. Je commençais à l'accepter. À l'accepter tel que c'était.

***

Fin janvier, cinq heures et demie de l'après-midi et toujours de la lumière au ciel, une lumière d'hiver aux reflets bleus. Au jardin, le gel a pris le dessus et peint des cristaux de givre à la porte qui donne sur la terrasse. À présent mon père assiège mes rêves. Chaque matin je me réveille avec une image de lui. Chaque nuit je dois apporter aux enfants la nouvelle de sa mort et je veux en retarder le moment : nous sommes sous une gigantesque couronne d'arbres, nous nous trouvons au bord d'un fleuve qui coule avec indolence, nous nous tenons devant un portail et nous nous faisons nos adieux, mais je ne trouve pas le moment, le premier mot, la première note qui pourrait concorder et convenir, je ne trouve pas le courage de le leur dire. Ils continuent à jouer, nous continuons à marcher, ils sautent, rient, se bousculent, montent sur leurs vélos, s'éloignent, et une fois de plus je ne le leur ai pas dit.

Nous visitons la tombe, ma mère est agacée, maintenant, par cette simple dalle, elle préférerait une vraie tombe où elle pourrait œuvrer et faire plus que se tenir devant et pleurer, devant laquelle elle pourrait poser des plantes et les arroser, arracher les mauvaises herbes, installer des plaques et des cierges et les réorganiser. Une dalle que nous avions choisie en quelques minutes, pour que ce soit fait, pour que ce soit réglé. Il vaudrait mieux qu'on soit forcé d'attendre au moins trois mois pour prendre une décision sur la tombe, quand on a à peu près retrouvé la raison, quand la tête se déclare déjà prête à être un peu serviable, quand elle s'est remise en marche et propose, au moins en partie, de penser de manière claire, rationnelle, en prévoyant. Choisir une tombe le jour de la mort, c'est une débilité, une erreur, une impossibilité. Une erreur qu'on ne répare plus. Il devrait y avoir une clause, une loi, l'entrepreneur des pompes funèbres devrait être forcé de vous prévenir et l'on devrait pouvoir lui demander des comptes s'il oublie de le faire. Il devrait être obligé de dire, vous avez trois mois de réflexion, je vous en prie, pas de décision prématurée, pas de choix trop rapide que vous regretterez peut-être plus tard. Et sinon, il y a bien entendu une possibilité de retourner la pierre à l'entreprise.

Avant la bifurcation vers le cimetière, je veux acheter des fleurs au coin de la rue, la boutique paraît orpheline. Je gare la voiture et je traverse. Comme je le craignais, il n'y a personne, mais un écriteau à la fenêtre : fermé pour cause de maladie. Je pense à la discussion que j'ai eue l'été précédent avec la fleuriste, à cette journée chaude et claire où elle avait noué pour moi un bouquet de dahlias en jaune et rouge, à son inquiétude à l'idée de devoir fermer la boutique, à sa mauvaise humeur à l'idée de laisser son travail en plan pour le cancer, d'abandonner son quotidien, de le remplacer, de le troquer contre la maladie. Je pense au service de cancérologie du CHU de Höchst, où elle est peut-être traitée maintenant, je pense à l'entrée avec les lettres sur le verre, Service 7R, blanc sur bleu, je pense au long couloir, aux nombreuses portes ouvertes, à cette ambiance affairée de pigeonnier, aux visages des infirmières et des médecins, aux mélodies de leurs phrases, à leurs voix, à leurs timbres qui m'étaient tous connus, tous familiers, et à la salle d'attente à la fin de ce long couloir, dernière porte à droite – dix sièges, fontaine à eau, revues –, dans laquelle j'ai passé beaucoup de temps.

***

Au téléphone, ma cousine me révèle qu'elles ont vendu leur maison en Hongrie. Sans mon père, au jardin d'Éden, elle ne ferait que penser aux étés perdus. Sans mon père dans cette cour, sous cet acacia, avec vue sur ce jardin – pas d'autre journée d'été. Elle ne veut plus, plus jamais y revenir, c'est terminé, c'est derrière nous, ça relève du passé, nous devons désormais nous rencontrer dans d'autres lieux, dit-elle, et elle se met à pleurer. Sa belle-sœur, Radio-Village, comme on l'appelle, parce qu'elle diffuse rapidement et avec aisance toutes les nouvelles dans les boutiques et aux carrefours, au buffet de la gare, à la station de bus, a fait circuler l'annonce de vente et le voisin, au bout de la rue, a sauté sur l'occasion. Quelque chose se noue dans ma gorge, quelque chose se dépose sur ma poitrine, pas seulement parce qu'elle a profité de la première occasion pour se débarrasser de la maison, mais parce que je ne reverrai plus jamais, de cet emplacement, le jardin, ses arbres fruitiers donnant sur les vignes, parce que la porte, désormais, sera fermée pour nous, ce portail que j'ai poussé pour la première fois à l'âge de trois ans et depuis au cours de nombreux étés successifs, que mes enfants et mes neveux ont eux aussi ouvert pendant de nombreux étés – le mouvement récurrent de nos journées hongroises, la main sur ce portail vert foncé, grinçant timidement, qui donne sur l'Uzsabánya utca, la dernière rue avant les champs, l'appui sur la poignée et le cri : Coucou, bonsoir, *Jó estét, Jó reggelt*, c'est nous, c'est moi ! Le portail vers lequel ma cousine portait le regard à l'hiver 1973, lorsque son père s'approchait sous la tempête de neige, devant lequel il avait hésité avant de l'ouvrir lentement pour lui apporter la nouvelle, grand-père est mort. Je pense à la cuisine d'été avec les photos trouvées dans le tiroir, le courrier d'Ouest en Est. Conservé, mis en liasses, tenu par des élastiques de ménage, caché, dissimulé comme un trésor sous le plat de la table, mais au milieu de la vie quotidienne, prêt à être saisi, tangible, palpable, là. Je pense aux nombreuses enveloppes portant l'écriture de ma mère, ses fioritures encrées : chère Maman, cher Papa, parents aimés. Mais je ne demande pas, que va devenir mon musée, que vont devenir les meubles de la cuisine d'été, le buffet, les tasses aux motifs de roses, la gravure sur bois peinte en vert, les tabourets, et que vont devenir les lettres ? Oui, les lettres ?

Ma cousine garde l'argent de la vente de la maison pour sa mère démente, on ne sait jamais, dit-elle, peut-être elle-même mourra-t-elle avant sa mère. Elle a les nerfs à bout, poursuit-elle, tout les lui ronge, elle est sans force, désespérée, sa mère n'arrive même plus à passer ses chaussettes le matin. Nous expédions une folle quantité de paperasse, les frais de la maison d'été de mes parents continuent à tomber et nous devons les payer, dans le même temps il faut clore le compte hongrois de mon père. Nous passons nos journées au téléphone pour régler des problèmes d'IBAN, de signatures et de procurations manquants, nous ne pouvons nous empêcher de rire de cette entropie administrative, juste de rire, à un moment donné, ma cousine me dit que pour gagner du temps et éviter un aller-retour de plus, elle vient de falsifier ma signature et que ma tâche consiste à présent à lui apporter en prison les *pogatsch* qu'elle a fait cuire elle-même. Je commence lentement à pressentir ce qui nous attend encore du côté de la maison d'été. Le compte hongrois de mon père est en déficit d'à peu près l'équivalent de vingt-cinq euros, mais s'il n'est pas comblé tout de suite la maison d'été risque la saisie et la vente aux enchères – ainsi le veut la bureaucratie hongroise. Mais pour le reste, rien, strictement rien ne fonctionne, dit ma cousine. Les charges de l'appartement de sa fille à Budapest sont toujours au nom du beau-père, ce qui est complètement fou puisqu'il est mort depuis plus de vingt ans. Récemment, une personne des ateliers municipaux a demandé à lui parler. Sa fille a sèchement répondu que dans ce cas, il fallait se rendre au cimetière Farkasréti, parcelle 17a, qu'il l'y trouverait.

***

Soirée de janvier, ciel bleu foncé, nous sommes à table, mon fils se rappelle que mon père, assis en face de lui, lui lançait des clins d'œil, l'encourageait à se resservir, lui faisait de petits signes, des signes de conjuration pour qu'il se réserve le dernier morceau de gâteau à la crème au beurre, pour qu'il soit plus rapide que les autres. Il l'imite, il fait des clins d'œil et hoche la tête, il ferme les paupières d'un œil, lève le menton, et je me demande combien de temps encore il va pouvoir garder son grand-père aussi vivant dans sa tête, combien de temps encore il va pouvoir l'imiter comme cela. Combien de temps s'écoulera avant qu'il oublie ces choses-là.

Il faut que j'apprenne à préparer du gâteau à la crème au beurre. Ne serait-ce que pour que mon père puisse s'asseoir à table avec nous, au moins en pensée, dans le labyrinthe de notre imagination, dans nos projets. C'est une vieille recette hongroise, ma mère l'a apprise auprès de sa belle-mère, au fil de nombreuses journées et séances, de nombreuses expérimentations sous surveillance, et je dois l'apprendre auprès d'elle avant qu'il ne soit trop tard, apprendre à reproduire et à intérioriser les trucs et les tours de main. Deux des verres ciselés et tendres comme un souffle de la vitrine de la maison d'été sont déjà cassés, depuis je n'ose plus utiliser le reste. Nous avons besoin, pour nous souvenir, de quelque chose qui reste intact, qui soit constamment convertible et renouvelable. Préparer un gâteau à la crème au beurre est un processus accaparant, or je suis mauvaise et impatiente pour les processus accaparants. Mais il le faut, peu de choses nous resteront lorsque ma mère, un jour, ne sera plus là elle non plus. Mes parents sont la première génération Bánk en Allemagne, ici notre passé ne remonte pas plus loin, ici, pour nous, il n'y a pas d'autre temps passé plus lointain, je dois donc sauver pour nous, en le transmettant, quelque chose de cet autre monde, qui soit destiné à notre capsule Bánk planant entre deux mondes, et le gâteau à la crème au beurre en fait partie quoi qu'il arrive. À côté d'autres plats comme le pot-au-feu à la choucroute, la soupe au riz, la soupe aux pois, les knödels aux quetsches, le *Griessschmarn*, un feuilleté, et le *madártej*, littéralement : lait d'oiseau, des blancs en neige solides baignant dans du lait à la vanille. Mais seul le gâteau à la crème au beurre est essentiel, lui seul sort du lot. Si nous ne pouvions choisir qu'une seule recette à transmettre, si nous devions trancher en faveur d'une seule recette tirée du livre de cuisine de ma grand-mère, ce serait celle-ci.

Nous préparons donc du gâteau à la crème au beurre, c'est déjà notre deuxième tentative. À la première, le gâteau était médiocre, pas comme il aurait dû être, pas avec le goût qu'il peut avoir, sûrement à cause de ma concentration défaillante, de mon manque de plaisir et d'enthousiasme. Les *Kremès*, ça ne se prépare pas d'une main, on ne peut pas en même temps téléphoner, laisser le téléviseur en marche, surveiller les devoirs à la maison, faire réviser le vocabulaire, faire le poirier un bref instant, ou quelque chose d'autre, il faut mettre le gâteau au centre, lui consacrer toute l'attention disponible, toute celle qu'on peut mettre à disposition. À présent je prends le temps, peut-être, la prochaine fois, m'en sortirai-je sans instructions, encore sous surveillance, mais déjà sans instructions. J'ouvre mon ordinateur portable et je crée un nouveau dossier pour un seul et unique fichier : *Krémes Piskóta Torta.* Je note la moindre étape de travail, chaque subtilité, chaque obstacle possible et la manière de l'aborder, j'écris en de nombreux endroits : attention, pas trop vite, lentement, attention, prudemment, très prudemment et très lentement. Prendre garde ! ici, très lentement. Le travail se répartit sur deux jours, on ne peut servir le gâteau qu'au troisième, après une nuit au réfrigérateur.

Le premier jour, je touille le biscuit et je le fais bien cuire au four, une masse solide de blancs battus qu'on mélange précautionneusement à la crème au jaune d'œuf jusqu'à ce que le moindre grumeau de blanc se soit dissous dans le jaune. Ma mère surveille les étapes du travail avec une attention maniaque, elle observe chacun de mes mouvements comme sous une loupe, comme si c'était mon examen d'apprentie, un examen que je suis parfaitement susceptible de rater. Je dois séparer des œufs sans laisser un fil de jaune dans le blanc, je dois faire passer la farine à travers le tamis le plus fin, je dois longuement remuer la pâte à la main, à tous les paliers de son élaboration, je dois sans arrêt regarder par la vitre du four et juger la couleur du gâteau, je dois couvrir le biscuit d'un torchon après sa cuisson et le poser devant la fenêtre pour qu'il puisse refroidir. Le lendemain, je passe des heures à préparer la crème, je porte à ébullition dans une grande casserole des œufs, du sucre et de la farine, j'y ajoute du beurre battu et je touille le tout sur une bassine d'eau jusqu'à ce que ce soit totalement refroidi, oui, totalement, jusqu'à ce que même le dernier reste de vapeur, la moindre trace de chaleur aient disparu. Alors seulement, on peut étaler la crème sur le biscuit. Trois couches de pâte de biscuit, la crème entre chacune. J'entaille le biscuit à un endroit précis pour que les parties, par la suite, ne soient pas obliques et courbent, mais se superposent comme il faut, et je passe lentement, avec une exagération proche de l'outrance, la crème blanc-jaune – mon chef-d'œuvre de compagnon. Nous l'emballons sous de nombreuses feuilles de papier, précautionneusement, comme si quelque chose pouvait encore aller de travers, et nous le posons à l'extérieur, dans la nuit glaciale. Pour le quatorzième anniversaire de mon fils, le gâteau et ses bougies allumées se trouvent sur le plateau à café. Lorsque je prends la première bouchée, je me dis : voilà comment il doit être, oui, exactement comme ça. Trois journées se dissimulent dans ce gâteau. Il est mangé en quinze minutes.

***

Mars arrive, le printemps est au-dessus de la ville, les premiers arbres veulent bourgeonner, des oiseaux reviennent en chantant, le ciel se fait plus grand, il se glisse plus clair le matin au-dessus des toits. Je respire, je vis, certains jours je me sens légère. Je rencontre des gens, je ris et je parle, ça va, certains soirs, ils sont rares, j'ai le sentiment de ne pas avoir de poids, oui, il y a des soirées comme ça. Je pourrais presque dire que j'ai repris ma vie, je travaille obstinément à la reprendre. Les pleurs s'emparent encore de moi, ce n'est pas terminé, de même que le sentiment de manque ne passe jamais, c'est quelque chose qui se meut à présent à travers mes jours et qui resurgit de manière capricieuse quand quelque chose me rappelle mon père – une pièce de monnaie, une barbe, la couleur d'un manteau, une manière de marcher, de rire, de se retourner, de palper ses poches et son pantalon pour trouver une clé, d'ouvrir la porte de la voiture ou de la laisser se refermer en claquant. Les parkings de supermarché sont perfides, ils sont devenus mon parcours d'obstacles, ils sont pleins de ce genre de détails, ils sont littéralement construits avec.

Après la leçon de tennis, mon fils raconte que le court d'à côté est resté orphelin. Personne ne s'y est entraîné. Le groupe de quatre garçons qui y joue d'habitude n'était pas là. Plus tard, au vestiaire, quelqu'un lui a dit qu'un de ces quatre jeunes était mort. Un accident de la circulation mortel avec son vélo. Il avait peut-être dix ans. Chaque soir, à table, cela nous préoccupe, chaque fois mon fils revient là-dessus. Si c'est aussi terrible que ça lorsqu'un vieil homme meurt, demande-t-il, qu'en est-il lorsque c'est un enfant ?

***

Dans la boîte aux lettres de ma mère se trouve une invitation à une messe de commémoration au CHU de Höchst – pour les défunts de ces derniers mois. Je lis la lettre et je ne dis rien, mais cette sensation bouillonne dans la région de mon estomac, mon surtout-pas-de-réplique, surtout-pas-le-CHU-de-Höchst, plus jamais volontairement dans ce lieu, plus jamais se tenir devant ces ascenseurs bondés qui tremblent et bringuebalent, à regarder fixement les chiffres qui apparaissent l'un après l'autre, 6, 5, 4, ne plus jamais invoquer ce sentiment paralysant, le ramener sans nécessité dans mon souvenir, renouer avec cet état d'agitation, cette angoisse qui va et qui vient, à deux doigts de la nausée. Les trajets dans l'enceinte de l'hôpital, entre les services et les maisons, les trajets entre les étages, par l'escalier quand l'ascenseur prenait trop de temps à arriver – ces trajets-là, je ne veux plus les faire. Je ne veux plus devoir passer devant la réception, devant la cafétéria. Là où j'étais assise avec mon père après le diagnostic.

Là où j'étais assise avec ma mère après qu'il est mort. Je ne veux plus les voir. Ni les gens, ni les petits pains dans la vitrine, ni les gobelets en carton pour le café, ni le chariot pour les plateaux usagés. À présent, ce sont les suivants qui sont assis là-bas. Moi, je suis en pause.

Oui, ce lieu existe, bien entendu qu'il existe, je ne peux pas le nier, je ne peux pas faire comme s'il s'était dissous pour l'amour de moi, mais rien ne m'oblige à le visiter, rien ne m'oblige à y aller. Rien en moi n'exige d'aller commémorer les morts dans la salle de prière de la clinique. Ce ne sont pas les inconnus, c'est ce lieu. À quoi bon un prolongement ? À quoi bon réanimer les journées de l'été ? À quoi bon cette perfusion de souvenir ? À un moment donné, cet hôpital nous reviendra forcément, peut-être quelque chose de ce genre est-il aussi prévu pour ma mère. Mais la commémoration ne convient pas à ce lieu, en tout cas pas à ma manière de commémorer. Pas à ce mélange de manque et de déplaisir, pas au « Ellécossa » prononcé en staccato, pas aux images que j'ai gardées des urgences, de l'hôpital de jour, du service d'oncologie, des images que je ne peux pas effacer. Il est impossible de célébrer ici comme je le veux la mémoire de mon père. Dans n'importe quel autre lieu du monde, oui. Mais pas là.

La nuit, je rêve que mon père est tombé et n'arrive pas à se relever. Il est allongé sur un bout d'asphalte et ne peut plus bouger. Nous le couvrons bien pour qu'il n'ait pas froid, nous remontons sa couverture haut sur son menton, nous nous allongeons auprès de lui et nous pleurons.

***

Je réserve pour l'été une maison à Balatonfüred. Je veux encore me rendre une fois dans ce pays qui, depuis la mort de mon père, s'éloigne de moi comme en chute libre, qui tient à un dernier fil jusqu'au moment où il disparaîtra peut-être définitivement et à toute vitesse dans le vide. Ce dont j'ai honte depuis un bon moment, bien que rien ne m'y force parce que ce n'est pas moi qui fais ou défais les choses. Je veux m'y rendre encore une fois, je veux me baigner encore une fois et voir mes enfants sauter dans l'eau. Je peux aller à Füred, ça va, l'idée ne fait pas mal, après tout c'est là-bas que la lumière de mon père est chez elle, elle se déverse sur le Balaton, inonde ses coteaux, définit les journées et les débuts de soirée de l'été, quand le lac commence à grandir dans le ciel et que les moustiques et les chauves-souris se préparent à prendre leur vol dans l'obscurité. C'est sa lumière, la lumière qui nous relie à lui, que nous voyons tout de suite dès que nous pensons à lui. Cette lumière jaune d'or d'un été généreux, d'une richesse débordante, la lumière du sud, la lumière de la vie, en tout cas de la vie que mon père appréciait et menait.

Je commence à comprendre pourquoi ma cousine voulait se débarrasser rapidement de la maison au jardin d'Éden. Moi aussi, j'ai dû nous trouver une nouvelle maison de vacances sur la rive du Balaton, il est impossible que j'aille dans l'une des maisons des étés précédents, elles ne sont plus praticables, je dois décrire un large cercle autour d'elles. Je ne me promènerai pas dans ces rues, et si nous devions passer devant cette bifurcation, je détournerais le regard et garderais les yeux fermés. La petite maison de vacances à Csopak, où les XVIIIe et XIXe siècles se lisent aux façades, aux toits de chaume et aux ruelles qui se tortillent entre les collines, dont nous étions immédiatement tombés amoureux : je ne peux plus y retourner, je ne peux plus y entrer, trop d'images sont associées à mon père, construites autour de lui. On y trouve, contre le mur, la chaise longue sur laquelle il a dormi, le banc de bois peint en blanc sur la terrasse couverte où il était assis deux étés plus tôt après avoir parcouru le bref chemin qui menait au village pour aller chercher des *kifli,* de petits croissants, pour notre petit déjeuner. Nous y avons fêté l'anniversaire de ma fille, à côté d'elle se trouvait mon père, en bonne santé, joyeux, amoureux de l'été. On le voit sur toutes les photos, devant la table aux cadeaux, devant le gâteau, sous les guirlandes aux couleurs vives, ma fille blottie contre lui, la tête contre son épaule. La propriétaire m'avait écrit au début de l'année, j'ai commencé par hésiter, mais j'ai fini par décommander. Je ne peux plus aller non plus dans la maison de Füred où nous étions l'été dernier. Chaque matin je m'y étais réveillée avec l'angoisse, chaque soir j'étais allée me coucher avec elle, l'angoisse de la nuit, du lendemain et de ses nouvelles, peur de la sonnerie du téléphone ce lendemain-là. Elle est devenue ma maison de l'angoisse. Je ne peux plus y aller. Elles sont barricadées, les deux maisons du Balaton dans lesquelles mon père était avec nous. Présent au cours du premier été, de bonne humeur, libre et heureux. Le suivant, partant, absent, mourant.

***

C'est le début du printemps, mais ma mère n'a toujours pas enlevé le lit dans son appartement. Le côté de mon père, sa moitié à lui, reste comme il a toujours été. Personne ne lui dit, quand vas-tu enfin enlever le lit, quand vas-tu mettre la literie en cartons, quand te débarrasseras-tu des vêtements ? Le placard à chaussures est encore rempli des souliers de mon père. Chaussures de sport, de randonnée, de ville, de jardin. Pareil pour les armoires à vêtements. Elles se dressent comme un bastion, un mur face au monde. Cinq portes d'armoire blanches, et derrière une foule de témoins de tissu et de cuir qui affirment dans leur déposition que mon père a existé. Des chemises, des pantalons, des vestes et des manteaux qui le prouvent.

Quand elle se rend au cimetière, ma mère dit : Je vais voir ton père. Quand elle en est revenue, elle dit : J'étais auprès de ton père. Elle ne dit jamais, je vais au cimetière, je vais voir la tombe, et je n'ose pas la contredire, la corriger. Je n'ose pas dire : tu ne vas pas le voir, tu vas juste au cimetière. Je n'ose pas dire : tu ne vas pas le voir, tu ne vas plus que devant sa tombe.

***

En novembre, l'idée nous avait encore, d'une certaine manière, rendus un peu nerveux, mais à présent nous acceptons l'invitation de son ami. Lors du trajet vers le Taunus, ma mère me raconte combien Zsolt était amusé, à l'époque, d'entendre mon frère, rentrant d'un long été en Hongrie chez nos parents pour revenir au village, parler le hongrois des gens simples, des paysans et des travailleurs agricoles, qu'il avait appris et imité sans peine sur le pré où tous les enfants se retrouvaient pour jouer. Il avait aussi repris le dialecte, toutes ses voyelles plates, étendues, allongées, il s'était parfaitement adapté à la prairie d'été et au terrain de jeu, dans toutes leurs nuances linguistiques. Ma grand-mère avait eu honte, en particulier des nombreux gros mots dont son petit-fils venu d'Allemagne savait désormais agrémenter son hongrois, des jurons et des malédictions que lui avait enseignés le village d'été, qui lui étaient devenus courants et dont il ornait ses phrases, pour le va-au-diable, pour l'espèce-d'âne, pour le ta-mère ! De retour à Francfort, les amis de Budapest venaient soir après soir, s'asseyaient dans le séjour, ouvraient une bière et admiraient les cascades de mots de mon frère, son nouveau vocabulaire en dialecte *vasmegye*, avec lequel il injuriait désormais copieusement le monde.

Je suis assise à la table de Zsolt à Taunusstein, je bois le vin sorti de sa cave, j'entends son hongrois, son hongrois raffiné, sonore de Budapest, avec ses courbes et ses boucles tendres, ce fredonnement à peine perceptible qui, entre les mots, les relie et les rattache pour former cette mélodie, mais je ne suis pas contrainte de me demander, pourquoi Zsolt est-il là, pourquoi pas mon père. Non, rien ne m'y oblige. Nous parlons de Budapest, de sa musique, de ses lumières et de ses ponts, de l'arrière-pays du Balaton, de sa beauté discrète, irrésistible, de la région des alentours de Pécs, de Tokaj, je collecte des recommandations pour l'été, j'écoute la liste des lieux où c'est le plus beau, où c'est épouvantable, quels sont les meilleurs restaurants de la capitale – Dunacorso pour s'asseoir et regarder, Café Kör pour manger, Auguszt Cukrászda pour le café et les gâteaux – et ceux qu'on doit éviter : pour simplifier, tous ceux qui se trouvent autour du château. Il débouche de nombreuses bouteilles de vin rouge, va chercher des renforts dans sa cave, il y a du *pörkölt* aux *nokedli*, du ragoût de gibier aux quenelles, et comme dessert du *rétes*, du strudel aux cerises et au pavot. Nous oublions le temps, je chasse l'idée du réveil qui va de nouveau sonner le matin et mettre un terme à ma brève nuit, je la repousse loin de moi, je veux être ici, à Budapest, à Taunusstein.

***

Mon amie, celle avec laquelle j'avais organisé en octobre le repas funèbre pour nos pères, dit que, depuis la mort du sien, son sens de l'orientation a changé. Qu'il s'est amélioré, que son esprit est devenu plus fiable, qu'autrefois elle n'avait jamais su lire une carte, mais qu'à présent elle arrive à se retrouver entre les directions, les routes et les croisements. Peut-être un blocage a-t-il été levé, il paraît que ce genre de choses arrive. Moi, en revanche, j'ai perdu le sens de l'orientation. Autrefois j'arrivais à me retrouver à peu près, je pouvais me débrouiller pour savoir dans quelle direction je devais aller ou rouler, mais à présent j'erre, désemparée, dans les villes étrangères, même dans les petits villages qu'on embrasse d'un seul regard, je ne trouve pas mon chemin.

On est en avril, l'hiver s'est définitivement retiré, il a abandonné la partie. Le ciel est d'humeur aimable, il peint de petits nuages en moutons. Je fais le trajet entre le lac de Constance et Ravensburg, derrière moi l'étendue bleue de l'eau, devant moi la Haute-Souabe. Tout à coup la route de campagne est barrée, je ne vois aucun panneau indiquant une déviation, je ne connais pas les lieux et suis incapable de poursuivre ma route. Une petite Fiat s'arrête, un homme aux cheveux gris qui doit être octogénaire et a remarqué ma plaque d'une autre région demande avec son fredonnement souabe où je veux aller. Je réponds, Ravensburg, et il me crie, suivez-moi ! Je fais demi-tour et me laisse guider sur des routes étroites, entre des vergers et des cultures de houblon qui se préparent impatiemment à fleurir. Tandis que cette voiture roule devant moi, quelque chose surmonte mes propres résistances, les bouscule, les enfonce, et subitement je ne peux m'empêcher de pleurer, sous ce doux ciel, dans l'un des paysages les plus grandioses qui soient, par cette journée ensoleillée de printemps où rien n'est faux, où rien n'est de travers ni ne dérange, qui montre le monde par son côté anodin et bien ordonné, je ne peux m'empêcher de fondre en larmes sous des pommiers bourgeonnants, de lâcher le volant et d'essuyer mes larmes parce qu'un vieil homme aux cheveux gris trouve le chemin à ma place.

Au croisement après Tettnang, il s'arrête : nos chemins se séparent. Nous baissons nos vitres, il me dévisage et me demande, tout va bien ? Oui, tout à fait, tout va bien, merci. Je pense, merde, mais oui, tout va bien. Merde, mais oui, ça roule – c'est sans doute comme ça maintenant. Il repart et me fait signe encore longtemps, par la fenêtre, d'un geste exagéré. Pour lui dire au revoir, j'allume mes feux de détresse, ma manière de remercier. Je sais que c'est comme ça, maintenant, merde, mais ça roule, merde – mais oui, tout va bien, seulement je ne m'y suis pas encore habituée. Pas habituée non plus au fait que ça peut me dégringoler dessus à tout moment, partout, sans prévenir et comme si c'était tombé du ciel, que ça me prend dès que la vie émet un indice minuscule, un éclat de souvenir.

***

Vendredi saint, samedi de Pâques avec grande volée dans la ville, cinquante cloches dans dix églises, nuit de Pâques avec feu de Pâques, des étincelles dansent dans la cour de l'église, devant un ciel noir et une lune ascendante. Il y a un an, nous étions encore tous ensemble, la mort courait certes déjà avec nous, nous étions informés de sa présence, elle s'était montrée, annoncée et présentée, mais nous étions encore tous ensemble, elle ne nous avait pas encore séparés. Nous étions dix, le matin de Pâques, pour aller chercher des œufs peints, nous avions mis le couvert pour dix, nous avions mangé à dix l'agneau de Pâques du déjeuner. À présent, en cette nuit de Pâques, je ne chante pas avec les autres, pour la première fois ça ne veut pas me venir aux lèvres, même pas le Deo gratias du Lumen Christi. Je ne peux pas chanter les cantiques, je parviens à peine à entonner la litanie des saints qui, d'ordinaire, me portait sur une vague dans une pensée meilleure. Cela se faisait toujours sans effort, cela se produisait presque par soi-même, le chant qui parle du feu et de la lumière m'avait menée à travers cette vie et à travers les jours et les mois suivants. Mais à présent je ne veux donner aucun signe de paix. Je ne sens pas de paix en moi, je ne peux donc pas la transmettre non plus.

Et pourtant au matin de Pâques je suis vaillante, presque légère, le sommeil a dénoué quelque chose, le rêve a emporté quelque chose. L'air promet déjà l'été imminent, je veux voir les buissons et les arbres bourgeonner au cimetière, maintenant que le printemps est irrésistible, que tout en lui est clair, frais et nouveau. Je pars en direction de l'Ouest, je dépose la voiture devant le portail du cimetière, le funérarium est toujours caché sous son échafaudage. Le silence règne, on ne voit que quelques visiteurs portant des fleurs dans des paniers de bicyclette ou un arrosoir à la main, nous nous saluons de la tête, des saluts muets de cimetière, des rituels de cimetière. La pelouse entre les pierres tombales est d'un vert lumineux, j'ôte mes sandales et pose mes pieds nus dans l'herbe tendre – et je m'étonne de pouvoir le faire. Mais oui, je le peux : le dimanche de Pâques, je marche pieds nus entre les tombes et je sens le gazon, il m'appartient, je me promène d'une plaque à l'autre, je lis les noms qui se sont ajoutés et prolongent les rangées. Devant le champ de tombes, avec vue sur la dalle funéraire de mon père, je m'arrête. Rien ne me force à repartir. Je n'ai pas de hâte, j'ai le temps. C'est Pâques.

***

En juin, ils font sortir ma tante du jardin d'Éden hongrois pour l'emmener à l'hôpital. Ma cousine m'écrit qu'ils traversent les mêmes angoisses que nous un an plus tôt. Le refus et la compréhension, qui s'impose avec hésitation, cela va arriver, ce n'est plus évitable, ça n'ira pas mieux, ça n'ira plus jamais bien. Elle envoie une photo sur le portable, ma tante toute frêle, avec de petites épaules anguleuses, comme contractée, rétrécie, comprimée, dans une robe de chambre élégante, taches claires sur fond bleu turquoise scintillant, avec cet allant dans ses cheveux blancs auxquels sa fille veille depuis longtemps déjà, que sa fille lave, peigne et met en plis depuis très longtemps. Ma tante porte sur le monde un regard courroucé, l'être le plus aimable et le plus joyeux que ma famille ait jamais produit porte sur ce monde un regard courroucé. Elle, dont la machine à coudre inlassable assemble les étés de mon enfance, qui les a reliés avec son fil, a donné et joué la musique de fond de journées hongroises lointaines, elle me regarde avec colère. Oui, quel autre regard pourrait-elle avoir ?

Ma cousine dit qu'elle rend visite à un spectre qui ne l'entend pas, qui ne peut rien dire, ne peut émettre aucun signe, ne connaît plus aucune émotion. J'avais espéré revoir encore une fois ma tante pendant l'été. Me rendre à Budapest, serrer son bras encore une fois, poser ma tête sur son épaule, toucher ses cheveux, ses joues, l'observer encore une fois enfilant du fil invisible dans une aiguille invisible. Entendre encore une fois sa voix, sa litanie, sa voix parlée, son rire dispendieux, généreux, même si nous ne savions plus ces dernières années ce qui le déclenchait, vers où il se dirigeait, à qui il était destiné et avec qui elle le partageait. Mais ce ne sera pas le cas, je ne la rencontrerai plus, la grande sœur de ma mère, qui cousait déjà des robes pour elle quand ma mère était encore toute petite, la seule à avoir su, pendant l'insurrection de 1956, que ma mère allait partir. Ma mère n'avait rien dit à ses parents, rien à ses frères. Juste à sa sœur. D'Ilona à Jolán, dont les prénoms forment presque une anagramme. Dans sa cuisine au jardin d'Éden, entre l'acacia et le portail vert, par une soirée de novembre maussade et nébuleuse qui préparait le village à l'hiver. A-t-elle stocké cet instant quelque part ? Son cerveau, avec ce qui lui reste de possibilités, connaît-il encore cette scène ? Son effroi, son désespoir, la peur qui était montée en elle ? Devoir donner sa petite sœur, la laisser partir ? Ce moment sommeille-t-il dans un recoin isolé ? Ou bien est-il oublié et broyé, comme mille autres particules du passé ?

***

Quand j'évoque le fait que nous passons nos vacances en Hongrie, je récolte le plus souvent une mimique compassée. Pas d'argent, pas de meilleure destination ? Personne n'a jamais entendu parler des collines volcaniques au nord de von Zánka, dans l'arrière-pays du Balaton, personne ne se doute des nostalgies que cette lumière suffit à provoquer chez mes enfants. Lorsque je leur ai dit, récemment, après trois étés au Balaton nous chercherons une nouvelle destination pour l'an prochain, indépendante et libre, ils m'ont regardée avec de grands yeux et m'ont demandé, pourquoi ? Mais cet été, nous y retournons, bien que ce soit certainement fou et superflu d'accomplir deux fois mille kilomètres pour deux nappes. Il faut aussi sauver cette photo et ce mouchoir brodé, je veux pêcher le petit dans le gros, trouver le *pars pro toto*, le déballer plus tard à la maison et le déplier, la maison d'été, disposer et faire vivre toutes les personnes, toutes les voix auxquelles ces objets ont jamais été liés. Nous laissons les meubles à leur destin, ils ont accompagné, orné et entreposé cent ans de vie familiale, personne n'en a plus besoin aujourd'hui, aucun d'entre nous n'a de place pour eux. Je trouverai peut-être un négociant à Eisenstadt qui liquidera la maison et prendra en pitié ces meubles avec leur visage centenaire.

Par une brûlante journée de juillet, nous franchissons la frontière sans poste-frontière, passant devant la petite guérite orpheline des douanes. Il n'y a personne pour demander à voir nos passeports, et je m'étonne, chaque fois, qu'il en soit ainsi. Que le temps des brimades que nous subissions autrefois à chacune de nos entrées dans le pays, le temps de l'attente infinie sous les projecteurs aveuglants, le feuilletage, la rotation de nos passeports, exagérément lents, comme s'il y avait quelque chose de faux dedans, comme si, dans ce recoin du monde, ils avaient perdu toute leur valeur, que le regard insolent, sans égards, dans toutes les niches, porté dans tous les recoins de la voiture, que tout cela relève aujourd'hui du passé et que nous puissions simplement aller d'un pays à l'autre sans susciter l'attention ni la moindre résistance. Que personne ne prenne même la peine de nous regarder.

Un peu plus tard, sur la route nationale, nous découvrons la bifurcation qui mène à Fertőszentmiklós, c'est là que ma mère est descendue du train en novembre 1956 et a marché avec deux amies dix-huit kilomètres à travers champs jusqu'à la frontière. Dès qu'un rayon lumineux filait sur cette bande de terre pour la palper, l'ausculter, elles se jetaient au sol et attendaient en respirant à peine. Dix-huit kilomètres, elle s'en souvient encore aujourd'hui, elle a le chiffre en réserve, elle peut toujours mesurer la distance dans sa tête. Après un camp d'accueil en Autriche et deux étapes supplémentaires, on les conduisit à Ried im Innkreis, à la gare routière, avant de les répartir dans différents lieux en Allemagne. On avait posé une carte dans le bus, l'Allemagne, l'Autriche, et puis une mince bande de Hongrie qui s'effrangeait plus loin vers l'est. Suffisamment pour que son lieu de naissance y soit encore indiqué, et lorsque ma mère le découvrit, elle fondit en larmes. Elle raconte tout cela tandis que nous nous rapprochons peu à peu du village, que le jour prend congé et que sa lumière s'échappe. À l'époque, mon père avait voulu la tranquilliser, ne pleure pas, s'il te plaît, avait-il dit, il ne faut pas pleurer, les Russes vont repartir, c'est certain, c'est sûr, dans deux mois nous pourrons rentrer à la maison, certainement, oui, dans deux, trois mois au plus, ça sera fait.

Nous roulons sur des routes nationales solitaires, de temps en temps quelqu'un passe devant nous en trombe, personne à part nous ne respecte les limitations de vitesse, tiens, le revoilà, le style de conduite fou furieux de la Hongrie qui m'a coûté mon système nerveux chaque été. De gigantesques acacias poussent au-dessus de nos têtes et forment un toit, une demi-lune s'installe dans le ciel, des grenouilles traversent la rue en bondissant, les enfants découvrent les premières cigognes, je m'arrête tout de suite, nous descendons de la voiture, nous sortons nos téléphones portables et nous prenons des photos que nous envoyons à la maison en écrivant : des cigognes ! Trois cigognes au nid ! Nous sommes en Hongrie ! Nous y sommes !

Nos cousins ont mis de la bière au frais, disposé sur le buffet du pain blanc sur lequel les enfants se précipitent, je regarde dans la pièce et je ne peux pas croire que nous abandonnions vraiment ça, ici, que nous nous coupions la route nous-mêmes et que nous ne revenions jamais plus dans cette maison. Elle respire, elle porte en elle la respiration de mes grands-parents, le souffle de leur univers intellectuel, leur bonheur et leurs angoisses, leurs chuchotements, leurs prières. Son toit, ses murs en sont pleins, les parois en sont pleines, des greniers à mots, des greniers à phrases, des greniers à sons. La nuit, ils me parlent. De ma grand-mère, une femme qui semble sortie d'un conte de fées. Elle en avait l'aspect, elle parlait comme les personnages des fables, c'était pour moi une femme de conte de fées, paisible et pieuse, avec des cheveux blancs noués en chignon, ses mains étaient toujours affairées, nul ne faisait mieux la cuisine qu'elle. Elle s'est occupée de cinq enfants, elle a cuisiné et fait la lessive pour eux, sans réfrigérateur, sans machine à laver, sans machine à laver la vaisselle, celle-là était encore loin d'être inventée. Elle se levait à cinq heures pour aller chercher le maïs des poules au grenier, un jour elle était tombée de l'échelle parce qu'elle n'avait pas voulu lâcher la corbeille et s'était foulé la cheville. À sa fille, elle avait dit, laisse tout le monde dormir, ne dis rien à personne, apporte seulement une serviette humide pour ma cheville.

Le matin, je suis réveillée par les bruits familiers, des chiens excités, des pigeons qui se disputent, le chant d'un coq. Je m'assois dans le calme plat complet de ce jardin en suspension, au-dessus de moi les feuilles du noyer. Tout a poussé sans nous, sans notre apport, tout a continué à vivre sans nous. Une année est passée, été, automne, hiver, printemps, une année au cours de laquelle j'ai beaucoup pensé à la mort et vécu avec elle. Auparavant, c'était différent, la mort était éloignée, à peine présente, mes passages au cimetière étaient rares, pour une cérémonie funéraire, pour les amis qui mouraient jeunes, c'étaient des excursions incompréhensibles dont je ne tardais pas à revenir et qui ne m'empêchaient jamais de reprendre le cours de ma vie. Mais cette dernière année a changé les choses, la mort s'est rapprochée de moi. J'ai dû beaucoup réfléchir à ma propre mort, elle est devenue une possibilité, un fait. Ma mort est concevable, je dois compter avec elle, je compte donc avec elle. J'ai commencé à réfléchir à la manière dont je réglerai ma succession, à ce que je dois ranger dans mes classeurs afin que ma famille n'ait pas à chercher longtemps. À la manière dont mes enfants poursuivront leur vie après. J'y pense aussi maintenant, tandis qu'ils ouvrent la portent, mettent la table dans le jardin et discutent allègrement, au petit déjeuner, de l'empreinte en CO_2 que la famille a jadis laissée ici. Pratiquement aucune dis-je, à sept dans cette maison minuscule dans laquelle ma mère a grandi, à sept sur le plus petit espace, ils vivaient en autarcie, parfaitement bio, sans poisons dans le jardin, sans poisons pour les animaux, sans électricité dans la maison, sans voiture, sans voyages en avion, sans portable, sans consommation, on achetait des objets pour la vie, on faisait attention à eux, on ne les remplaçait pas. Ils vivaient à sept dans cette pièce, ils partageaient les lits, les armoires et la table, mais ma mère le dit aujourd'hui encore : Personne n'était plus riche que nous.

***

Le jardin d'Éden, que ma cousine a vendu, est déjà en rénovation. Des artisans se tiennent sur le toit, dans les ouvertures des fenêtres, et se lancent des ordres ; dans la cour, des planches et des outils traînent à côté d'une bétonnière. Là où nous nous asseyions sous les acacias, l'été précédent, une extension s'élève dans le jardin. Ils ont agrandi la maison, ils ont construit une annexe sans tenir compte de notre place estivale, de notre véranda d'été, de notre point de vue sur les fruitiers, sur le vignoble. Quand je passe devant avec ma mère, elle fait un signe de la main aux artisans et se met à pleurer. Nous passons juste à côté du cimetière où mon père aurait voulu être enterré. Je n'y réfléchis plus. Je n'ai plus à me répéter à moi-même : ceux qui restent sur place décident. Celui qui reste décide. Ce sera la première fois que je ne visiterai pas les tombes de mes grands-parents. Une autre tombe s'est placée devant elles. Une autre tombe les a remplacées.

Lorsque nous partons pour Budapest, quelques jours plus tard, et que ma fille ferme la porte de la maison d'été, elle me regarde et dit, Papy me manque, sur un ton que j'ai du mal à supporter. Ça sonne comme un reproche, comme s'il y avait quelque chose que j'aurais pu accomplir pour elle, mais que je n'ai pas fait, que j'ai simplement oublié de faire. C'est ainsi, cela restera ainsi. Il nous manque, il nous manque à tous, il manque à chacun. Et pourtant cela s'améliore, ça s'est déjà amélioré. L'inconcevable devient vrai, chaque jour, chaque mois qui passe en fait une vérité. Lorsque nous partons, des chiens se mettent à aboyer derrière nous, des voisins, aux clôtures des jardins, lèvent les yeux pour nous dire au revoir, un peu plus tard nous passons le long de champs de cigognes, des champs pleins de cigognes qui marchent. Une pluie torrentielle a dessiné un arc-en-ciel dans la voûte céleste ouverte, des couleurs en compétition entre le noir et le jaune étincelant, je lève les yeux et je dis, regardez, un salut de Papy. Nous n'avons pas besoin de ponts du souvenir, pas sous la forme de maisons ou de meubles, nous n'avons pas besoin d'aide pour trouver le chemin qui mène à demain, je n'ai pas à raviver la mémoire des enfants. Il n'y aura pas un jour désormais où ils ne penseront pas à leur grand-père, où ils ne parleront pas de lui, où ils n'iront pas chercher quelque chose dans leur mémoire pour le saupoudrer sur notre discussion, le mêler à leurs mots, le tisser dans leurs phrases. La Hongrie, c'est la grand-patrie. La grand-patrie bien plus que la patrie.

Nous franchissons le pont Erzsébet pour rejoindre Pest et nous retenons notre souffle. La ville se dépose sur notre peau, avec ses artères routières et ses tramways jaunes qui sonnent, ses pointes de clochers et ses ponts, son eau, ses collines en pente douce. Son pouls prend le dessus. Toute la journée nous nous promenons à travers le passé, on se promène sans difficulté dans le passé à Budapest, le soir nous mangeons par 28 °C du *tyúkhúsleves* et du *pörkölt*, de la soupe et de la viande dans le Getto Gulyás et nous parlons de mon père, à quel point cela lui aurait plu, à quel point il aurait été heureux de profiter de cette ambiance détendue aux tables, de l'empressement tranquille des serveurs, de l'activité dans la rue, devant les fenêtres, sous ce ciel de ville d'été. Il est assis avec nous à table, il se promène avec nous dans les rues, il nous fait traverser les places, nous raconte et nous salue depuis les façades des maisons. À Elisabethstadt, l'Erzsébetváros, tout autour de la Wesselényi utca, ce sont des artistes qui les ont dessinées. Avec la couverture du *Time Magazine* de janvier 1957 : *Man of the Year, Hungarian Freedom Fighter* – un combattant de la liberté hongrois nous regarde du haut d'un panneau. Je dis, vous voyez, votre grand-père était l'un d'eux, votre grand-père en faisait partie. Quelques angles de rue plus loin, sur le mur d'un immeuble, la page de titre de la *Népsport*, Ferenc Puskás dans des dimensions gigantesques, la Hongrie l'emporte sur l'Angleterre 6 à 3 et déclenche une vague de bonheur, je dis, regardez, votre grand-père le vénérait, c'est le héros de sa jeunesse, votre grand-père a lui aussi célébré cette victoire en novembre 1953, il avait vingt ans. Nous passons la nuit dans l'une des vieilles maisons de location typiques, avec cour intérieure et galerie, enfant j'ai passé mes vacances dans une maison de ce type derrière l'Üllői út, la tante de mon père vivait là, la maison où mon père, pendant l'insurrection, avait apporté un repas dans une gamelle en fer-blanc. Aujourd'hui ce sont des touristes qui y louent des chambres et qui ne pensent qu'à faire la fête, ils boivent de la bière sur la galerie, fument et nouent facilement conversation. Sous le ciel nocturne, une jeune femme venue de Londres nous demande, *are you having fun ? Yes, sure, we are.*

Budapest, pour moi, ça veut dire, c'est l'été, l'été hongrois et sa chaleur ardente. J'ai douze ou treize ans, je suis légère, je porte des sandales et une robe, je mange des parts de gâteau à trois étages en rose et en vert clair, je vais nager dans les plus belles piscines du monde, mon père nage avec mon frère et moi dans le Palatinus, dans le Széchenyi, dans le Gellért, sur l'île Margarethe, dans le néobaroque, l'Art nouveau, nous dessinons nos lignes sous des gargouilles, à côté de joueurs d'échecs, dans tous les bassins, d'eau froide ou d'eau chaude. Il y a toujours des serviettes-éponges humides sur une chaise, ou accrochées à une corde. Budapest est la ville de l'eau, des sources, des tourbillons, des piscines, des bains thermaux, on peut se baigner par n'importe quel temps. J'évolue dans une langue qui est totalement folle et m'appartient pourtant en partie. Budapest est chaud, même si certaines rues restent toujours humides, en dépit des 35 °C qui flottent au-dessus de son fleuve et de ses ponts. La rue dans laquelle nous habitons garde toujours elle aussi un reste de froid et d'humidité. Aujourd'hui, quarante ans plus tard, le visage de l'Erzsébetváros a changé, tout autour de la Dohányi et de la Wesselényi utca les prix des loyers et ceux des restaurants ont monté, on n'entend plus parler hongrois et le personnel du Szimpla Kert sursaute quand je commande dans la langue du pays. Mais pour moi, la ville respire différemment, à moi, elle fait ce plaisir, avec moi elle noue encore son ancien ruban, elle discute avec moi, elle me raconte d'une autre voix, d'un ton authentique et crédible. Dix minutes plus loin à peine, derrière l'Erzsébet körút, se trouve le vieux Pest, tel que je le connaissais et que je l'appréciais, gris sur gris, avec des façades de maison usées et effritées, le Pest sombre, plein de suie, humide, qui sent la poussière, le Pest de toujours.

***

Sur le chemin qui nous conduit au Balaton, des chevreuils surgissent au bord de la route dans le crépuscule, la tête inclinée, le cou tendu vers l'herbe, souples et gracieux. L'obscurité transforme la route de campagne en un sentier fatidique pour les renards, les chevreuils et pour nous-mêmes, il ne serait guère moins dangereux de rouler les yeux fermés. Nous nous installons dans notre maison de vacances, des oies cacardent sur le terrain voisin, des chiens aboient jour et nuit, nous dormons de nouveau dans les nuits d'aboiements, plein de nuits d'aboiements nous attendent. Je n'ai rien pris à lire, rien pour le travail, je veux juste regarder l'eau, regarder le bleu jour après jour et attendre qu'il fasse plus sombre le soir, je ne veux rien d'autre que faire mes adieux, rien de plus, ce serait suffisant. *Nyaralni* est le verbe hongrois pour désigner les vacances, le temps libre en été, le verbe pour désigner la saison brûlante et claire, il n'y a pas de verbe allemand pour cela, si on le traduisait littéralement ce serait *sommern*, éter. Nous étons, toi et moi, nous étons, il, elle ète. J'ète donc sur la rive du Balaton, sur sa plage, j'ète sous les saules pleureurs taillés de Füred, j'ète, pour la troisième fois de suite. Avant l'agonie, avec l'agonie, après l'agonie.

L'été est grand comme chaque année, le lac est à 25 °C, les enfants sautent dans l'eau et crient, Papy a été assis là ! C'est de là qu'il nous regardait quand nous partions à la rame ! Ils attrapent le matelas pneumatique, se hissent, s'allongent sur le ventre et je me dis, oui, c'est ici précisément qu'il était assis, sur cette terrasse en bois au-dessus de l'eau : casquette à visière, pantalon court, chaussures de bain, une Soproni fraîche à la main, son regard sur les enfants, sur les vagues, sur l'horizon. Le lac est là, comme toujours. En dépit des étés brûlants qui lui prennent son eau. Comme nous, il a vécu l'automne, l'hiver et le printemps, et pourtant il s'étale devant nous comme toujours. Il ne sait rien de nous. Il ne sait pas que j'ai appris à nager ici, été après été, il ne sait pas combien de fois j'ai glissé dans l'eau par ces marches d'escalier, combien de fois j'y ai plongé et en suis sortie à la nage, et comment cette nage parcourt ma vie depuis toujours. Il ne nous connaît pas, il ne nous a pas remarqués, il ne sait rien de l'année que nous venons de vivre, rien de notre retour. Il est allongé là, inchangé, impassible – comme toujours.

Jour après jour, les enfants sont les derniers à quitter le lac, quand le rose se pose sur les vagues comme si l'on avait placé un filtre devant. Ils ont du mal à abandonner l'eau et à prendre congé pour la nuit, pendant un an ils ont été contraints de renoncer à cette sensation, à cette nage. Cela nous est difficile à tous cette année-là, cela nous est difficile chaque soir, bien que nous sachions que le lendemain matin le lac sera là, exactement de la même manière, avec son grand bleu. Du jardin, nous regardons la lune d'éclipse et nous chassons les moustiques de nos bras, nuit après nuit nous nous sommes allongés dans l'air tiède sous le ciel étoilé et nous observons ses images. Le Bouvier, Cassiopée, la Lyre, l'Aigle, le Cygne, la Grande Ourse. L'ISS vole devant nous, peu avant minuit nous pouvons la suivre des yeux pendant quelques minutes. Des étoiles filantes tombent à quelques secondes de distance, comme la fin d'un feu d'artifice, je pourrais y accrocher des vœux. Mais je n'ai pas de vœux cet été-là. Il y a un an, j'en aurais eu beaucoup. Encore un peu de temps s'il vous plaît. Encore une semaine s'il vous plaît. Moins de douleurs s'il vous plaît. Pas cette nuit s'il vous plaît. Et s'il le faut vraiment, que ce soit rapide et miséricordieux s'il vous plaît.

Pour notre dernière soirée, je nage au large, traversant l'eau brillante, d'un lisse scintillant, comme s'il y avait un miroir entre les rives. Hongrie bleu tendre et tiède. Je plonge, je me souviens, j'imagine, je les vois : mon frère crawle à côté de moi, notre père nage quelques brassées à l'avant et crie, quand vous êtes fatigués, allongez-vous sur le dos et regardez le ciel ! Autour de nous, de l'eau chaude de juillet et des roseaux, loin au large un oiseau se pose sur le banc de sable, deux libellules bourdonnent, un poisson bat avec sa nageoire. Sur la rive, je me tranquillise en me disant : tu n'es pas obligée de finir, de conclure, rien ne t'y force. Tu reviens à chaque fois que tu en as envie, à n'importe quel moment tu peux revenir et sauter dans cette eau. Non loin de moi, à Almádi, Ágnes Heller, quatre-vingt-dix ans, nage vers sa mort, je le lirai quelques jours plus tard dans le journal. Nous nous sommes baignées le même jour dans la même eau.

***

Dans la maison d'été, nous emballons couverts et linge dans des caisses, sous les orages et les averses violentes. Nos parents sont assis à la cuisine, sur le banc, il y a toujours quelqu'un ici pour avoir préparé le repas et mis la table à notre intention. Que nous soyons fatigués ou occupés, que nous puissions avoir d'autres choses à faire n'a aucune importance. Nous parlons des morts, ils font partie de nos phrases, ils sont assis avec nous au jardin, sur la terrasse, à table, devant la soupière, la corbeille pleine de pain blanc en tranches, ils nous mettent au défi, allons, parlez de nous à présent, ne cédez pas, n'arrêtez pas. Les morts ne sont jamais morts. Mais nous ne pleurons plus mon père, le pleur pour mon père s'est tari. Nous pleurons sur la mort, d'une manière tout à fait générale et en gros. Du fait que les êtres aimés s'en vont. Que notre temps avec eux est limité. Qu'ils disparaissent. Qu'ils disparaissent sans qu'on puisse les retrouver.

Sur le bref trajet qui nous sépare de la voiture, nous ouvrons les parapluies, mais nous sommes trempés tout de même. Quelques pas suffisent pour imbiber nos souliers. Je sors deux cartons de la maison et je me sens comme une voleuse. Mon père avait toujours dit, on ne sort rien de cette maison, on n'enlève rien, tout doit rester en l'état. J'ai emballé le portrait de mes grands-parents, un dessin, réalisé d'après une photo en noir et blanc. Ma grand-mère de conte de fées à dix-huit ans, avec un col de dentelle blanche et des cheveux strictement ramenés en arrière. Mon grand-père, que ma tante, en pensée, avait envoyé quotidiennement en promenade vers sa maison au jardin d'Éden. Ouvrez la porte, votre grand-père arrive. Posez un verre sur la table, allez chercher le vin dans le cellier, grand-père sera là tout de suite. Deux visages graves qui me regardent comme s'ils voulaient dire, oui, cent ans à présent. Oui, tu comptes bien. Cent ans que nous avons pénétré pour la première fois dans cette maison que tu fermes et que tu quittes aujourd'hui. J'ai dit à tous, prenez un morceau de souvenir, que chacun en choisisse un, ma mère a décroché les rideaux de la cuisine, mon fils une photo de son grand-père enfant, ma fille prend la tenue de sport grise de mon père, qui est beaucoup trop grande pour elle, dont elle doit retrousser les manches et les jambes, une tenue que mon père lui abandonnait au cours des étés précédents dès qu'il faisait plus frais le soir et que les moustiques prenaient leur vol. J'ai décroché l'horloge murale, celle qu'on arrêtait autrefois pour annoncer la mort de quelqu'un, pour en témoigner. L'horloge de la gare de Gyöngyös, de son hall, celle d'au-dessus du portail, par les portes battantes duquel les fils Bánk étaient entrés et sortis, en plein Vámpalotaland, à l'intersection de ses chemins. Je ne peux pas la laisser ici, je ne peux pas la remettre entre des mains inconnues.

Le dernier soir, nous faisons nos adieux, nous traversons le village dans l'obscurité, de nombreux noms et de nombreuses maisons reviennent à l'esprit de ma mère, roule encore deux rues de plus, dit-elle, frappons là-bas aussi. Nos adieux se transforment en une chevauchée pleine de bruits, de fracas et de rires à travers la nuit tiède, nous prenons congé des chiens, des chats, des humains. Devant des clôtures, sous des acacias et des tilleuls, dans des cuisines, près de la rue, devant la petite boutique ABC, à la bifurcation qui donne sur l'église, devant le buffet de la gare, sous ses lampes à la lumière criarde. Chacun a quelque chose à dire sur mon père, chacun a pour nous une phrase que nous emballons et que nous emportons, que nous rangeons dans nos poches et ressortirons à la maison, que nous écouterons encore, chacun jette une phrase pour nous au-dessus de la table de la cuisine, au-dessus de la clôture, au-dessus des flaques fraîches, au-dessus des fossés, chacun nous crie une phrase, nous rions et nous essuyons nos larmes. Je lève les yeux vers le ciel bleu foncé qui respire après que la pluie a fait rage et se déploie au-dessus de nous, je lève les yeux en direction des étoiles. Quelqu'un me dit en guise d'adieux, je ne peux pas penser à ton père sans le Balaton, quand je pense à ton père, je pense immédiatement au Balaton. Parce qu'enfin, ton père, c'était le Balaton.

***

Aujourd'hui, maintenant, en cet instant, début septembre, c'est le premier anniversaire de sa mort. La messe est encore devant nous, celle qu'on va dire après cette première année pour mon père, la nomination de mon père dans la prière eucharistique qui nous fera de nouveau tous pleurer, ses enfants et petits-enfants les uns à côté des autres sur le banc de l'église, même après une année. Parce que la force ne décline presque pas, l'implacabilité qu'il faut pour nous le dire encore une fois, nous le montrer encore une fois : il est mort, votre père et grand-père est mort, il fait partie des morts.

Tout comme j'oublie avec le temps les petites choses et les détails, les successions précises de toutes les années passées, révolues, j'oublierai peut-être petit à petit les nombreuses images de cette année-là, entre été et été. Mes images de cette année. Et pourtant elles étaient là, elles sont vraies. Elles ont existé. La chambre plongée dans l'obscurité avant que nous ne partions pour Eisenstadt. Le jardin d'Éden dans son vert aveuglant. Les champs qui se dessèchent, qui ont soif, qui virent au jaune sur tous les chemins à droite et à gauche.

Le souvenir de l'agonie restera, le souvenir des derniers jours, de la chambre funéraire dans la clinique et de mon père à l'intérieur, drapé pour nous, préparé pour nos adieux, pour notre dernière rencontre, le souvenir de mon sentiment fondamental, de ce sentiment qui n'arrêtait pas de battre en moi, avec lequel ma vie cette année-là avait été équipée, molletonnée, tapissée et meublée, avec lequel je m'éveillais le matin et allais me coucher le soir, que j'emportais dans mes rêves, que je touillais dans mon café, que je tartinais sur mon morceau de pain, que j'emballais dans mon sac à main quand je quittais la maison et que je sortais de nouveau dès que je revenais et que j'ouvrais la porte.

C'est idiot et vexant, c'est incompréhensible, que nos parents doivent partir. Et qu'ils le fassent un jour réellement est un insupportable scandale. Bien que nous grandissions et vivions avec ce savoir, nous n'y sommes pas préparés, nous ne sommes pas armés lorsque cela se produit. J'ai écrit beaucoup de cartes de condoléances ces dernières années, tout autour de moi sont morts les mères et les pères des membres de ma génération, et chaque fois j'ai soufflé, tant que j'ai été épargnée. Mon père a assuré la cohésion de la famille, nous nous sommes vrillés autour de lui, branches sur un tronc, feuilles sur une branche. Il nous a reliés à la terre, mais nous a aussi permis de nous envoler en battant des ailes. Il a maintenu pour nous les liens entre les pays et les continents, il a construit les ponts pour nous, parlé les langues pour nous quand nous n'avancions plus. Il nous reste encore à inventer la vie sans lui. Nous venons tout juste de commencer à reconnaître qu'il n'est plus. Une amie a dit, vous avez toujours été si proches de votre père. Oui, c'est ce que nous étions : toujours si proches de notre père.

***

Il est une image que je pourrai certainement toujours voir, un mouvement que j'associe à mon père et à lui seul : sa manière d'entrer dans le lac. Quand la lumière de l'après-midi commence à décliner, sa manière d'ôter ses sandales de bain, de préparer sa serviette-éponge sur la rive, d'envoyer son regard au-dessus du Balaton, de le palper des yeux comme s'il cherchait la meilleure voie pour ses mouvements. Faire les premiers pas dans l'eau, se passer les mains humides à travers la barbe et plonger, nager quelques poussées sous l'eau, remonter pour prendre de l'air, s'arrêter un bref instant, regarder encore une fois la surface du lac et appréhender sa grandeur. Puis nager loin au large et disparaître dans le bleu.

Remerciements

Je remercie tous ceux qui se sont impliqués et m'ont, pendant cette période, soutenue, recueillie, encouragée et consolée.

J'adresse mes remerciements tout particuliers aux cancérologues du Centre hospitalier universitaire de Francfort Höchst, le Pr Hans-Günter Derigs et le Dr Wolfgang Schmidt, ainsi que les médecins traitants de mon père, le Dr Christiane Kunz et le Dr Edmond Schiek-Kunz.

Je remercie le Deutsches Literaturfonds pour le soutien accordé à mon travail sur ce livre, et la Fondation Robert Bosch pour le programme d'encouragement « Grenzgänger » à l'été 2019.

pca
cmb
édition pré-presse
livres numériques

44400 Rezé

IMPRIM'VERT®

Achevé d'imprimer
en janvier 2022
par Corlet Imprimeur
14110 Condé-en-Normandie

Dépôt légal : janvier 2022
N° d'imprimeur : 21100785
Imprimé en France